故事館

故事館

故事館

故事館

秘密に満ちた魔石館3

充滿祕密的
魔石館

3

水滴之石的悲歌

作者 廣嶋玲子　繪者 佐竹美保　譯者 林佩瑾

目錄

序章

您好，歡迎光臨。這裡是魔石館，今天很榮幸能接待您。

咦？您不知道自己為什麼會來這裡？

不不不，請別擔心。想必是敝館的某顆寶石選中您，邀請您來到此地。不過，是哪顆寶石選中您，這我就不清楚了。

請慢慢參觀，屆時您就能明白，究竟是哪顆寶石選中您。

太陽石

詛咒的刺繡與太陽石

聖艾莉西亞學園，是美國上流閨秀受教育、學習禮儀的名門女校。由於此處聚集許多年輕女孩，因此每天都非常熱鬧，天天有新的流行誕生。

占卜、做甜點、寫詩、押花、網球……

每當出現新的流行事物，大家便忙不迭地跟風、趕流行。

十五歲的亞曼達，也非常享受充滿新鮮感的校園生活。

某一天，學校來了個轉學生。她叫做潔西卡，整個人畏畏縮縮的，眼神陰沉，看起來很沒自信。

她很少找人聊天，只會等待別人主動攀談。但是，潔西卡也並非喜歡獨處，因為她總是對熱鬧的小團體，投以羡慕的目光。

亞曼達一看就知道：唉，這女生一定會被霸凌。因此，亞曼達特別關照潔西卡，一下邀她參加朋友的下午茶會，一下邀她去散步或購物。若非如此，潔西卡恐怕早就被壞學生盯上了。

而潔西卡，則開始黏著亞曼達跟前跟後，活像隻小狗似的。

由於潔西卡實在太黏人，亞曼達逐漸對她感到厭煩。

過了一陣子，學校又有新的流行了。

這回是刺繡。學生們買了一大堆色彩繽紛的繡線，忙著在手帕跟抱枕套繡上刺繡，就是要比高低、秀才藝。

此時，潔西卡展露出意想不到的才華。

原來，潔西卡竟然是個刺繡高手！她的手藝，連老師都為之讚嘆。潔西卡很快就成為矚目的焦點。

「潔西卡，你好厲害唷！看看你繡的這隻鳥，真是栩栩如生，宛如就要展翅高飛呢！」

「這朵花也好逼真，我彷彿能聞到花香呢！為什麼你的手藝這麼好呀？」

「呃……是我奶奶教我的，我從小就開始學刺繡了。」

「好厲害唷。欸！你能不能教我？」

「我也要、我也要！」

無論是讀書、運動、朗讀詩歌，樣樣都不出色的潔西卡，第一次被眾人吹捧、奉承。此事對潔西卡造成巨大影響，她變得越來越傲慢，甚至開始奚落亞曼達。

「亞曼達也真是的。這部分要繡得更細心、更仔細才行呀！怎麼講這麼多次還學不會呢？我很忙很多事情要處理，如果你不受教，我也不想教了。」

被這樣瞧不起，亞曼達當然也不高興。潔西卡的態度傷害了她。不過，事已至此，吵架也無濟於事。

「原來她是這種人。我們已經不是朋友了，就這樣吧！」

亞曼達果斷決定，跟潔西卡保持距離。

不僅如此，亞曼達也很清楚，潔西卡的風光只是曇花一現。她的刺繡手藝確實很厲害，但是繡線淨選些暗色系，連繡出來的花朵、鳥兒看起來都黑黑的，任誰看了也不會想留下來當作裝飾品。

最重要的是，聖艾莉西亞學園的學生非常喜新厭舊。這股刺繡風潮，想必不久就會結束了。

正如亞曼達所料，才一個多月後，少女們對刺繡的熱情戛然而止。

此後，潔西卡又變孤單了。那些瘋狂吹捧潔西卡的人，如退潮般離她遠去，一個人都沒有留下來。

潔西卡如夢初醒、大驚失色，又回頭在亞曼達身邊打轉，眼神彷彿訴說：跟我當朋友好不好？

亞曼達的朋友對此非常生氣。

「那女生搞什麼啊！虧亞曼達對她那麼好，她卻擺架子，沒見過這麼忘恩負義的人！」

「不僅如此，現在她落單了，就回頭糾纏亞曼達。亞曼達，你千萬不能原諒她，讓她自生自滅吧！」

「也是。」

亞曼達也有同感。可憐歸可憐，但說穿了就是自作自受。因此，她決定無視潔西卡那雙哀怨的眼神。

後來，暑假到了。學校跟宿舍都放假，學生們也各自回家。亞曼達也不例外。她在家人的陪伴下，每天盡情享受燦爛的陽光與檸檬水。有一天，她收到一個大箱子與一封信。寄件者是潔西卡，信中寫滿道歉與懺悔，最後留下一段話。

「對不起。我當時真的怪怪的……這是我親手做的，請你接受我的道歉。」

箱子裡有一大塊黑布。

亞曼達將它攤開，不禁倒抽一口氣。

「好厲害……」

那是一塊繡了一整座森林的刺繡掛布。

森林蓊鬱幽暗，深處有一棟小房子，它看起來怪神祕的，彷佛有魔法師住在裡面。

不過，這塊掛布與潔西卡以前的作品相同，選的淨是些暗色系的繡線。布料底色是黑色，連樹木草葉、遍地生長的香菇，無一不灰暗陰沉。

亞曼達不禁脫口而出：「要是色彩再明亮一點，我就會更喜歡了。」

話雖如此，但任誰都看得出這是嘔心瀝血之作，說它是藝術品也不為過。不知道潔西卡耗費了多少心力與時間，才能完成這等傑作？

「嗯……開學之後，我還是跟潔西卡和好吧！」

亞曼達將潔西卡送的掛布，掛在自己房間的牆上。從那晚起，亞曼達開始夢到一連串的怪夢。

在夢中，亞曼達總是在森林裡。

森林到處黑漆漆一片，天空黯淡無星，但她能清楚看見在陰風中搖曳的樹木輪廓，也能看見潛伏在四周的可疑黑影。而看得最清楚的，莫過於森林深處那棟房子。

一棟樸素的小木屋，正是亞曼達恐懼的來源。然而她也說不清究竟是哪裡恐怖，只是莫名的害怕。儘管如此，亞曼達的雙腳卻不斷向前邁進，走向那棟小屋。她拚命阻止自己的雙腳，卻徒勞無功。

每晚，她都夢到同樣的惡夢。

是做惡夢的關係嗎？亞曼達變得越來越虛弱，儘管沐浴在夏日的豔陽下，卻臉色蒼白、整天病懨懨的，頭也開始痛了。

「難不成……是潔西卡的掛布害的？」

亞曼達心裡覺得毛毛的，於是卸下牆上的掛布扔進倉庫。然而，惡夢卻沒有停止。

幾天後，亞曼達察覺到更可怕的事情。在夢中，她離那棟小屋越來越近。不，應該說，是那棟小屋正在靠近亞曼達。

她終於明白，自己在害怕什麼了。

那棟小屋裡有東西。雖然她無法透過漆黑的窗戶看到屋內，但是她心裡很清楚，有某種邪惡的東西潛伏在屋裡。它在等亞曼達上門，要是走進房子，就死定了。

但是知道歸知道，亞曼達終究還是來到門把前。看來今晚或明晚，亞曼達就會打開大門了。萬一真的打開，該怎麼辦呢？

一想到這裡，亞曼達就忐忑不安，食不下咽。

亞曼達的母親看不下去，心疼的問：「亞曼達，你前陣子說自己天天做惡夢，現在也是一樣嗎？」

「是啊，媽媽……」

「這樣呀……其實我認識一個有陰陽眼的人。她是知名的靈媒，我將你的情況寫信告訴她，她說願意見你一面。我想，她今天下午應該就會到了。」

「那個人……可以幫我趕走惡夢嗎？」

「我不知道，但總比什麼都不做好吧？」

亞曼達聞言，心中燃起一線希望。

下午兩點整，靈媒來了。她跟亞曼達的母親年齡相仿，眼睛明亮，整個人充滿朝氣。她看起來是個擅長烤蛋糕、蒔花弄草的人，一點也不像靈媒。

不料，這位靈媒安．堤斯，一見到亞曼達就開門見山說：「你被詛咒了。」

亞曼達與母親嚇得說不出話。安．堤斯望向遠方，緩緩咕噥：「我看見了森林……那是一座充滿惡意的森林，它嫉妒你身上所發出的光芒。不過最大的問題，是森林深處那棟小屋。它一心只想將你占為己有，若是被關進去，就沒救了。是什麼人要詛咒你，你心裡有頭緒嗎？」

天啊！這個人是貨真價實的靈媒！說不定她能拯救我！

亞曼達既感動又期待，緊張顫抖的說出潔西卡的事情，也拿出那塊掛布。安・堤斯只看一眼，便點頭說：「是的，這就是禍首。不過，現在處理它為時已晚，因為詛咒已經完全轉移到你身上了。」

「怎麼會這樣！難道潔西卡就這麼恨我嗎？可是，我、我……說起來，是她先背叛我的！」

安・堤斯悄悄握緊亞曼達的手，安撫她的情緒。

「冷靜一點，你不可以生潔西卡的氣，因為她不是故意詛咒你的。」

「咦？」

「仔細看這塊掛布，你就明白了。潔西卡對你懷有相當複雜的情感，她喜歡你，也討厭你；她覺得你很耀眼，也覺得你很刺眼。由於這股情緒過於強烈，她在不知不覺中把怨念注入刺繡裡，導致掛布變成詛咒之物。」

「那麼……潔西卡並不是故意詛咒我？」

「是的，這是下意識發出的詛咒，所以向潔西卡求助也沒用，你只能靠自己破除詛咒。」

「可是……我根本不知道該如何解開詛咒啊！」

「別擔心，你一定辦得到。」

安．堤斯的嗓音，就像大海般堅毅。

「你不是有很多朋友嗎？那是因為你渾身散發耀眼的光芒，你的光芒能吸引眾人。因此，你只要善用那股力量，破除詛咒即可。這顆寶石，應該能幫上你的忙。」

語畢，安．堤斯從行李箱中，取出一條寶石串珠手環。

亞曼達第一次看到這種寶石。顏色是深橘色，如玻璃般晶瑩剔透，裡頭含有許多細小的砂金，閃耀動人，彷彿砂金精靈正在裡面跳舞。

「這是太陽石，Sunstone。這種寶石一定能成為最適合你的守護石。來，戴起來看看。」

亞曼達立刻收下手環，將它戴在左手腕。一戴上去，心情好像稍微平靜一點。該怎麼形容呢？好像身邊多了個同伴似的。

「這麼一來，我就沒事了嗎？」

「不，還沒呢！如果你不能善用守護石的能量破除詛咒，惡夢還是會繼續侵蝕你的。仔細聽好，我會教你該怎麼做。」

如此這般，安．堤斯開始慢慢道出接下來的計畫。

「這種方法真的有用嗎？」

「是的。好了，躺在那張沙發上睡覺吧！是時候做個了結了。

是要繼續困在詛咒裡，還是破除詛咒，全看你的表現了。不過，你一定辦得到，因為我就在旁邊陪著你。來，快躺下閉上眼睛。」

亞曼達聽話的走向沙發。

原本一點睡意也沒有，但不知怎麼的，一躺上沙發，亞曼達就被拖進夢鄉，進入那座惡夢森林了。

亞曼達已來到小屋門口，手正要握住門把。

不要——

她嚇得寒毛直豎。然而，無論她多麼想逃走，手依然不受控制逐漸靠近門把，接著握住並緩緩轉動。

天啊——不行！門要打開了！

亞曼達絕望的眼泛淚光，此時，某處忽然響起了安・堤斯的聲音。

「看著守護石！想想我說過的話！」

亞曼達猛然回神，望向自己的左手腕。那條太陽石手環，在這恐怖的黑暗之中，依然發出微光。

Sunstone，太陽石。

亞曼達終於奪回主控權，同時想起安・堤斯說的話。

太陽！金色！光！光芒萬丈！

亞曼達遵照安．堤斯的指導，在腦中想像與太陽有關的事物，並且將意念貫注到寶石之中。

不久，太陽石開始發熱，它的力量增強了。原本的微光，現在已變成熊熊烈火般的耀眼光芒。

就是現在！

「發光吧！」亞曼達放聲大喊。

劈啪劈啪！

周遭一陣巨響，劃破黑暗。四周頓時大放光明，燦爛奪目。

回神一瞧，剛才的小屋憑空消失了。抬頭一望，只見太陽高掛天空，在豔陽的照射下，陰森詭異的森林也變得祥和許多。

亞曼達大吃一驚。此時，某處傳來安．堤斯的聲音。

「做得好。」

剎那間，亞曼達驟然清醒。

她迷迷糊糊的從沙發起身，望向安．堤斯。

「我……我成功了嗎？」

「是的，沒錯。你做得很好。喏！你看這個。」

安．堤斯攤開潔西卡的掛布，布面上的黑色夜空，裂出一大道缺口。

亞曼達瞠目結舌。安．堤斯溫柔的說：「這麼一來，惡夢就結束了。你應該不會再做惡夢了。如我所料，太陽石真的很適合你呢！」語畢，她對亞曼達微微一笑。

亞曼達不自覺的撫摸左手的手環。手環已經冷卻，但在夢中這些寶石確實借助太陽的力量，救了自己。這麼一想，亞曼達頓時覺得它們好可愛。

安．堤斯似乎看穿亞曼達的想法，輕聲說：「這手環給你吧！留下它當作護身符，你也比較安心。不過……你應該能想出更棒的用途。」

「更棒的用途？」

「呵呵呵，好了，我差不多該告辭了。西部還有別的案子等著我呢！」

語畢，安・提斯就離開了。

就這樣，詛咒消失了。惡夢再也沒出現，頭痛跟疲憊感也減輕許多。過了一陣子，原本隨身佩戴太陽石手環、片刻不離身的亞曼達，終於打從內心相信自己沒事了。

然而，這回又有了新的煩惱，是關於潔西卡的事情。快開學了，亞曼達真的不知道，在學校該用什麼態度對待潔西卡。

老實說，她很氣潔西卡。「竟敢寄那種東西給我！」若是見到潔西卡，真想罵她一頓。

不過，安．堤斯說一切是下意識的詛咒，她說的應該是真的吧！潔西卡只是想和好，才會費盡心力做出那塊刺繡。這麼一想，突然覺得潔西卡怪可憐的。

亞曼達靜不下心，於是撫摸太陽石手環，說道：「你們說，我該怎麼辦才好？」

當然，太陽石沒有回答，只是一如往常的閃耀光芒。

亞曼達看著這光芒，頓時有了靈感——這些寶石撫慰了我的心，帶給我莫大的力量。說不定，它們也能在潔西卡黑暗的心中撒下光芒。

左思右想，亞曼達決定寫信。信中只有短短幾行字。

「謝謝你送我的禮物，請收下我的回禮。願你的黑暗能迎來光明。」

接著，亞曼達將太陽石手環放入信封，寄給潔西卡。

暑假結束後，亞曼達懷著忐忑不安的心情上學。不知道潔西卡有什麼感想？希望太陽石能帶給她變化，就算只有一點點改變也好。

然而，等了又等，潔西卡還是沒有出現在教室。這時，老師解答了大家的疑惑。

原來，潔西卡休學了。由於父親調職，潔西卡搬到歐洲。

亞曼達聽完，心裡真是百感交集。不用見到潔西卡固然令她鬆了一口氣，但再也見不到潔西卡，也令她感到遺憾。

無論如何，時間都會逐漸流逝。多虧忙碌且熱鬧的校園生活，亞曼達漸漸遺忘潔西卡。再度想起她，已經是十年後的事了。

此時，亞曼達已經結婚，生下兩個可愛的孩子，快樂的度過每一天。

有一天，亞曼達拜訪婆婆，正巧在客廳看到一塊陌生的大掛布。上面的刺繡，簡直是精巧得驚人。

那是春季的原野。在耀眼的陽光下，翠綠的山丘百花齊放，蝴蝶翩然飛舞，幾個孩子赤腳追逐打鬧，亞曼達彷彿能聽見他們的笑聲。

這塊用色大膽、色彩繽紛的掛布，令亞曼達看得目不轉睛。

「媽，這塊掛布是……」

「啊，你說這個呀？很美吧！這是一位剛從德國回來的女士做的。她年紀跟你差不多。你瞧，她的刺繡功力簡直是巧奪天工，據說最近會正式出道，當個刺繡藝術家呢！她叫做……哎呀，真是的，她姓什麼來著？我只記得她叫做潔西卡？」

「潔西卡……」

「對呀！她是個很開朗、很棒的人呢！對了對了，她戴著一條罕見的手環，是耀眼的橘色寶石串珠。潔西卡女士好像總是隨身佩戴。」

亞曼達再度注視掛布。

它的配色與設計，看了令人心情雀躍。這居然是潔西卡的創

作。而且，她還隨身佩戴太陽石手環。

亞曼達心中頓時湧現一股暖流。

「哎呀，亞曼達，你怎麼眼泛淚光呢？」

「沒什麼，我沒事。媽……我也想見那位潔西卡女士。我想，我們一定能成為好朋友的。」

語畢，亞曼達露出微笑。

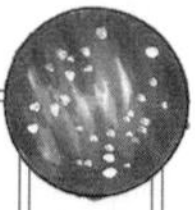

太陽石

太陽石，又名日長石。石如其名，它是一種蘊含太陽能量的寶石。這股強大且溫暖的能量，據說能消除負面情緒，為人帶來自信。它跟月光石（月長石）是成對的寶石，也有人借用希臘神話中，太陽神海利歐斯（Helios）的名字，稱它為「Heliolite」。太陽石的寶石語是「閃耀」、「展露天賦」。

堇青石

鳥籠宅邸的小鳥

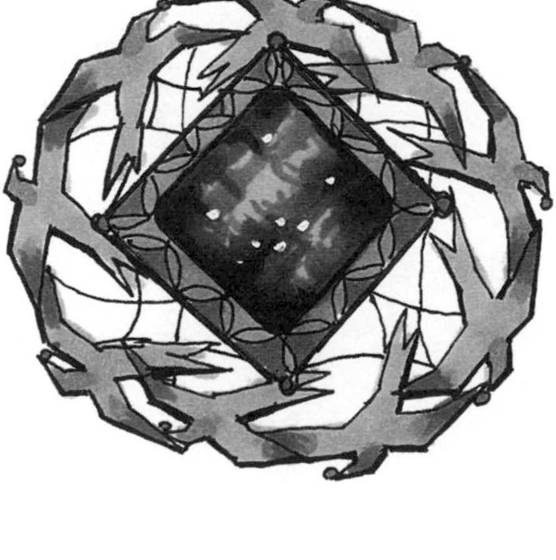

從前，緬馬國（現在的緬甸）有一座與世隔絕的村莊。那裡有一座大宅邸，人稱「鳥籠」。宅邸四面圍繞著高聳的圍牆，院子裡種滿果樹與花朵，屋內淨是豪華的奢侈品。

居住在裡面的，是一群叫做「小鳥」的少女。鳥籠的人從世界各地找來這些五官秀麗的少女，在鳥籠中用心栽培，教導她們各種禮儀與才藝。言談舉止要高雅、笑容要有氣質，也要學習樂器、唱歌與舞蹈。

到了荳蔻年華，她們已經成為亭亭玉立、國色天香的女孩了。長大成人的美麗小鳥，很快會標價出售。有興趣的買家多不勝數，畢竟對有錢的男人而言，買下鳥籠裡的小鳥，可是至高無上的奢侈啊！

鳥籠的人也告訴小鳥們：「能被選上，是你們的福氣。」

小梅也是其中之一。她大約在五歲時進入鳥籠，幾乎沒有從前的記憶，只記得以前常常餓肚子，過得很苦。

因此，她對鳥籠的生活沒有任何怨言。

雖然訓練師很嚴厲，但在這裡，每天都能穿漂亮衣裳、吃香甜的點心。小梅也很喜歡每天早上跟其他小鳥互相梳頭，戴上銀色髮飾。

將來，會有一個很棒的飼主買下小梅，把小梅打扮得漂漂亮亮，帶她遊山玩水、百般疼愛。每個人見到小梅，都會誇讚她：「你真美呀！」

小梅在腦中幻想美好的未來，努力學習唱歌、跳舞及禮儀。

話說，小鳥們無法離開鳥籠，但進出鳥籠的人倒是絡繹不絕。因為有很多人前來兜售食物、衣裳跟各種用品。當中有一名金匠，他是個眉毛花白的長者，小鳥們的飾品都是他打造的。

有一天，金匠收了一個徒弟，他叫做卡恩，看起來是個調皮的少年。卡恩跟師傅一同來到島上，引起了小梅的興趣，畢竟他們年紀差不多，而且卡恩看起來總是逍遙自在。

當金匠為年長的小鳥們展示髮飾與首飾時，小梅跟卡恩則躲在院子角落，一邊吃著從廚房偷來的水果，一邊咯咯歡笑。

通常是卡恩主動開啟話題，小梅只能聊些鳥籠裡的事情，但卡恩會說許多小梅不知道的外界趣聞，聽起來就像是外國的童話故事，讓小梅聽得津津有味。

卡恩也常常聊起家鄉，他的家鄉在深山中，離這裡非常遙遠。

「山上到處都是洞窟，進去可以開採寶石。有紅寶石、藍寶石、綠寶石，還有黃色的寶石！我爸爸說，舉火把進洞窟時，寶石在黑暗中閃閃發光，活像老虎的眼睛呢！」

卡恩的族人是山的守護者，大家都以開採寶石為生。近來，族裡希望有人學習寶石的加工技術，若能將採來的寶石打造成裝飾品，族人賺的錢就能增加好幾倍。

因此，擁有一雙巧手的卡恩，被族人送去拜師學藝了。

「我總有一天會回到家鄉，將爸爸跟族人所開採的寶石，做成連國王都嘖嘖稱奇的戒指！在那之前，我一定要學會師傅全部的功夫。」

卡恩說這番話時，雙眼是多麼炯炯有神，看起來是多麼燦爛耀眼。

但是，小梅心中有些疑問。「思鄉」是什麼概念？可靠的父親與叔叔伯伯，還有溫柔的母親與話多的姊妹，跟他們生活是什麼感覺？

「我想到你的家鄉看看，也想見見你的族人。」這種話，小梅絕不會說出口。因為自己是小鳥，小鳥是不能對那些事物產生憧憬的。

時光飛逝，孩子們都長大。小梅變成了亭亭玉立的少女，名副其實的小鳥；卡恩則成為強壯且手藝精巧的年輕人。

然而，凡事有好也有壞。

隨著兩人年齡漸長，越來越難偷偷找機會聊天了。因為小梅每天都變得更加美麗，訓練師也看管得越來越嚴格。

因此，他們開始學會用眼神溝通。

你過得好嗎？

好呀！你呢？手藝學得如何？

學得很順利啊！

即使只是一個眼神交換，小梅也心滿意足了。

不久，小梅滿十六歲了。

有一天，宅邸的主人對小梅說：「我已經幫你找好飼主了。上個月來過這裡的蒲甘城少主，就是你的新主人。接下來，要打理你的行頭，我會要求金匠幫你打造漂亮的首飾，畢竟王子也希望你穿戴得漂漂亮亮的。」

找到飼主了。

這對小鳥而言，理應是美夢成真，但小梅卻不太開心。

她在腦中回想那位蒲甘城少主。他雖然五官端正，眼神卻有如毒蛇般冰冷，那種人真的會珍惜自己嗎？

她頓時心生不安。

不過，小鳥無法拒絕，小梅只能強顏歡笑說：「真希望早日到王子身邊。」

不久，宅邸的主人找來金匠師徒，對他們說：「這次換小梅離巢了，你幫她打造一套行頭。老樣子，只要能讓她變得更美，多少錢都不成問題。」

滿頭白髮的金匠，朝宅邸主人一鞠躬並低聲說：「當然，小的一定會做出最棒的飾品。不過，小的有一事相求，能不能讓卡恩打造其中一樣飾品呢？」

「卡恩？」

「是的。小的想趁此機會，讓徒弟自立門戶。這小子的手藝已有都城金匠的水準，因此，小的想利用這次機會，當成出師前的最後考驗。」

「既然你這麼說了，想必不會出錯。好，小梅的髮飾就交給卡恩。卡恩，你去問問小梅喜歡什麼款式，幫她打造出最棒的髮飾吧！」

「遵命。」卡恩靜靜一鞠躬。

接著，金匠師徒開始著手打造飾品。他們凝神注視小梅，思索究竟什麼樣的飾品才適合她。

每當小梅感受到卡恩的視線，就忍不住心頭一緊。若是前往都城，恐怕再也沒機會見到卡恩了。想到這裡，小梅頓時悲從中來，不自覺低頭向下看。

此時，金匠開始喃喃自語：「與其在腰帶鑲上一大堆寶石，不如用精緻的金飾點綴就好。還有，我想用大顆翡翠做耳環，老爺會願意撥款嗎……去問問看老爺好了。喂！卡恩，我去找一下老爺，你可別趁我不在就偷懶啊！」

說完，金匠轉身離開房間。

師傅才剛走，卡恩立刻站到小梅面前，彷彿等這一刻等了很久。他直視小梅，悄聲說道：「你終於要被賣掉了。」

「別說什麼被賣掉，我要去都城過幸福的日子。」

小梅的反駁，無力到連自己都感到訝異。

卡恩毫不留情、厲聲說道：「幸福？我從來沒聽過小鳥能得到什麼幸福！小梅，現在還來得及，我勸你打消念頭。我聽過蒲甘城少主的傳聞，聽說他很殘忍，曾經割掉僕人的耳朵呢！你以為那種人會珍惜你嗎？」

「可是，我是小鳥……既然少主選擇我，我想，他一定會珍惜我的。」

卡恩無奈的望著垂頭咕噥的小梅。接著語調一轉，對她輕聲細語道：「有件事我還沒告訴你。在我家鄉的深山中，可以採到一種神奇的寶石。它會隨著光線不同變成藍色或紫色，而且寶石內部還有許多小星星，發出閃耀的光芒。我們隨意幫它取了個名字，叫做『夜空石』。」

「然後呢？」

「你聽我說完嘛！我們村裡的每個年輕男子，都在尋找這夜空石。找到夜空石之後，會將它送給自己喜歡的女子；假如女子願意戴上夜空石，就代表她願意跟這個年輕男子結婚。」

卡恩邊說邊從懷裡拿出小小的髮飾。髮飾用純銀打造，中間鑲著一顆小小的寶石。

真是神奇的寶石！乍看以為是暗藍色，但下一秒卻變成深藍色，一會兒又變成淡紫色。寶石內部有無數的閃爍星光，就像是夜空凝結而成的結晶。

「這就是夜空石。離開家鄉前，我父親帶我去洞窟裡找到的。

他叫我將它帶走，或許我會在拜師學藝的村莊裡，找到想娶回家的女子。」

小梅倒抽一口氣，而卡恩則悄悄將髮飾放在小梅手心。她這才回過神來。

「我……沒有訂這個。」

「這是我送你的禮物……如果你願意跟我走，就戴上這個髮飾出席離巢宴會。這樣，我就會帶你回家鄉。」

「我怎麼可能辦得到……」

「你一定辦得到的。只要你願意答應我，我會用盡一切手段，帶你離開這個鳥籠。雖然……我沒辦法像都城的有錢人一樣讓你過奢華的生活，但我一定會比任何人都珍惜你，這點我敢保證。」

此時，卡恩匆匆與小梅拉開距離，因為金匠回來了。之後，兩人沒能說上一言半語，金匠與卡恩便結束當日的工作，離開宅邸了。

金匠師徒離去後，小梅神思恍惚的走到院子。不當小鳥，跟卡恩遠走高飛？不可能，宅邸的人不會放我走的。小梅光是想像，就害怕極了。然而，還有比這更可怕的事。萬一訓練師發現這支髮飾的來歷，該怎麼辦？

要是訓練師發現髮飾所代表的意義，那可就完了。他們說不定會殺掉卡恩！為了避免節外生枝，還是把這支髮飾丟掉吧！這是為了保護卡恩，同時也是為了斷絕私奔的誘惑。

小梅反覆說服自己，小鳥就是要守本分，並且走向水井。然而，將髮飾丟到井底前，她決定再看一眼。很快就要跟它說再見了，小梅想將它的模樣，牢牢烙印在眼底。

髮飾做得非常精美，銀色底座刻了好幾隻小燕子，圍繞著中央的寶石。而這顆卡恩稱之為「夜空石」的寶石，現在看起來是群青色。不過，無論顏色如何變換，唯一不變的是當中的星星依然閃爍。

「真的……好像夜晚的天空呀！」

對了，前陣子卡恩說過，星星可以當作迷路時的指標，還有燕子。燕子雖然弱小，卻能配合季節遷徙，飛到遙遠的土地。小梅看著髮飾，想起卡恩說過的話。

如果迷惘的話，就看星星吧！你要向燕子看齊，飛到真正想去的地方！

小梅突然覺得心靈得到解放，壓抑已久的真實情緒，倏地泉湧而出。她恍如大夢初醒，握緊髮飾。

兩個月後，為了慶祝小梅即將前往都城，鳥籠宅邸舉辦一場離巢宴會。其他小鳥紛紛出席，村裡的所有人也應邀參加，一同歡慶小梅離巢。

當晚，小梅簡直美得令在場所有人屏息。她穿著都城少主送的鮮紅色衣裳，還有鑲嵌寶石的大量金飾，數量多得驚人。

更令人讚嘆的是，小梅那張幸福的面容。她笑容滿面的接受眾人的祝福。

金匠的徒弟卡恩，也露出與小梅同樣燦爛的滿足笑容。

在宴會中，卡恩的視線從未離開過小梅。因為，插在她那頭烏黑秀髮的豪華金色髮飾之中，混入一支銀色髮飾。

隔天早上，小梅從鳥籠宅邸消失，宅邸的人面色鐵青，同時大感納悶。她到底跑去哪了？不可能逃走，畢竟她這隻小鳥，一直嚮往都城的生活。況且，既然要跑，也應該把衣服跟珠寶都帶走才對，但那些東西卻全部留在原地。

其實，有一支髮飾不見了，但是沒有人發現。

這名少女，就這樣離奇失蹤。由於找不到任何線索，鳥籠的

主人也只能放棄了。

這段期間，金匠的徒弟卡恩，也悄然離開村莊，回鄉去了。

卡恩身邊有個年輕人，那名年輕人穿著不合身的粗糙男裝，帽簷壓得很低，彷彿不想讓人看到他的臉。

不過，又有誰在意呢？金匠的徒弟想跟誰去哪裡，村莊的人才不在意。

堇青石

堇青石，英文是 Iolite。色彩豐富，顏色時而呈藍、時而呈紫，非常美麗。據說以前維京人用堇青石製造羅盤，當心裡迷惘時，堇青石的神祕能量能為你指點迷津。寶石語是「獨立」、「覺醒」。

祖母綠

高貴的女王與豎琴師

穆族與狂風激浪為友，無論男女，都熱愛勇敢、崇敬強悍。

他們最引以為傲的，就是人民的女王——海蒂。

早在海蒂年輕的時候，便以美麗與驍勇善戰著稱，長年用劍與盾保衛人民，有如傳說中的女武神。不僅如此，她也非常賢明，知道光是打仗會害人民餓肚子，於是很早就與其他部族展開貿易，結交盟友。

多虧海蒂優秀的政治手腕，穆族居住的托雷島成為知名的貿易重鎮，島上充滿各種珍奇的舶來品。

海蒂也從外國進口耐寒的農作物與產乳量高的牛隻，留在島上培育；現在，已經沒有人在寒冬中餓死，也多虧乳牛數量增加，嬰兒也能順利長大成人了。

人民衷心敬愛這位女王。因此，海蒂女王的五十大壽，可說是盛況空前。

當天，女王的居所白鹿館，到處充滿歡笑與佳餚，簡直是人間仙境。豎琴樂音悠揚，人們大啖烤全牛、蜂蜜酒與奶油，獻給女王的貢品更是五花八門。

用海獸牙做成的金杯和金戒指、繡上海蒂家徽的掛毯、大野狼的毛皮。而女王的姪子亞爾王子，更是準備了別出心裁的禮物。

那是一條鑲嵌著祖母綠寶石的金項鍊。寶石大如鳥蛋，在宮中火把的照射下，彷彿燃燒著綠色火焰。

亞爾王子恭敬的將項鍊，呈到女王面前。

「這是從大海的另一端遠渡而來的祖母綠，世上獨一無二。唯有這顆寶石，才配得上世上獨一無二的海蒂女王。姑姑，還望您收下。」

海蒂女王見狀，欣然微笑。

「我親愛的姪子，謝謝你。我會如同珍愛你一般的珍愛它，隨身佩戴，片刻不離身。」

語畢，女王旋即戴上項鍊。海蒂女王年屆五十依然高大美麗，這條項鍊就像是為女王量身打造而成；璀璨的祖母綠寶石，更襯托出女王的威嚴。

眾人見狀，紛紛為女王高聲歡呼，齊聲盛讚。

然而，彈豎琴的年輕琴師克里夫，卻臉色發青、沉默不語。

其實，克里夫有一個不為人知的天賦。他不僅擅長彈豎琴，也聽得見礦石的聲音。

有能量的石頭會說話，寶石更是如此。鮮紅的紅寶石會發出激昂的凱旋戰吼，藍寶石則是喃喃道出遠古的祕密；珍珠沉靜低語，黃水晶則是發出輕快的笑聲。

在眾多寶石之中，克里夫特別喜歡祖母綠的聲音。因為色澤宛如蓊鬱森林的祖母綠，多半發出高貴而神祕的歌聲。

然而，亞爾王子所獻上的祖母綠卻不同。它淒厲的叫聲，簡直像是來自於另一個世界。

祖母綠的叫聲充滿強烈的憎恨與憤怒，嚇得克里夫差點手滑，摔落手中的豎琴。這是貨真價實的詛咒，而且是針對海蒂女王的詛咒。

可惜的是，克里夫還來不及警告，海蒂女王就戴上項鍊了。

唉，克里夫不禁發出絕望的嘆息。祖母綠的詛咒，緊緊咬住了女王的咽喉啊！

宴會結束後，海蒂女王將克里夫喚來寢室。這是女王的習慣，因為她喜歡在睡前，聽克里夫彈奏豎琴。

「你的聲音，清脆得有如銀鈴。你的歌聲與豎琴的琴音，總是讓我疲憊的身體，感到通體舒暢。」

克里夫總是應女王所求，誠心為她彈奏豎琴，獻唱使人安心入眠的搖籃曲。

然而，這晚他不僅唱不好，也彈不出美妙的音色。

海蒂感到納悶。

「怎麼了？今晚，你的琴音紊亂，歌聲也走音了。」

「女王恕罪！」克里夫低下頭。

「我沒有怪你。你是不是有心事？銀鈴之聲克里夫？」

克里夫抬起頭，望向女王。

女王戴著那條項鍊。巨大的祖母綠寶石，好似燃燒著烈火的魔女之眼。它依然發出詛咒的尖叫，但聲音中多了一絲威嚇。這是在警告克里夫，要他不要礙事。

祖母綠這麼一恐嚇，克里夫更害怕了。他嚇得舌頭與嘴巴都僵住，好不容易才說出：「那、那條項鍊……」

毫不知情的女王，聽了只是付之一笑。

「你說這個？這是亞爾特地送我的禮物，我打算連睡覺都戴著它。這顆祖母綠堪稱世上最美的寶石，你不覺得嗎？」

海蒂開心的撫摸祖母綠，接著略顯遺憾的說：「若是亞爾能多為人民著想就好了。如果他能苦民所苦，我會欣然將王位禪讓給他。不過，克里夫啊，我以前也說過，那孩子實在不是當國王的料，真是萬分遺憾啊！」

克里夫聞言，這才猛然想起一件事。就在兩個月前的某夜，他為海蒂女王彈豎琴時，不經意問了一個問題。

當時，克里夫問道：「對了，陛下，您會將王位讓給亞爾王子吧？」

海蒂女王膝下無子，族裡不乏剽悍青年。而海蒂女王特別溺愛亞爾王子，此事可謂眾人皆知。

然而，海蒂女王搖搖頭。

「那孩子太自大又易怒，若是讓他稱王，托雷島好不容易才建立起來的繁榮，恐怕會毀於一旦……我想將王位讓給伯父的孫子史瑞爾。雖然他不擅長打仗，但他的聰明才智，才是今後托雷島所需要的。我會在半年後的仲夏節夜晚宣布此事，克里夫，在那之前，你必須守口如瓶。」

「遵命，陛下。」

克里夫點頭，遵守這項約定。

如今回想，萬一那時有人在門外，偷聽到海蒂女王說的話，並且告訴亞爾王子呢？

唉，一定是這樣！當時那段對話，肯定傳進亞爾王子耳裡。亞爾王子知道自己登基無望，一定大發雷霆，然後暗中盤算無論如何，都要把王位搶過來……

不過，要是用武力殺害海蒂、奪走王位，只會引起民間激烈的反彈。因此，必須不著痕跡的殺死海蒂。如果女王在宣布史瑞爾繼承王位前就駕崩，王位自然落到亞爾王子手中。

亞爾王子大概是基於以上考量，才會將詛咒的祖母綠寶石送給女王。

好卑鄙的手段！克里夫頓時怒火中燒，這股怒火，稍微抵禦祖母綠的魔力。

舌頭能動了！克里夫正想說出「項鍊被下咒了」，女王卻露出慈愛的微笑。

「亞爾真的很懂得討我歡心呢！那孩子從以前就是這樣，在所有親戚的孩子之中，特別惹人疼愛。我不由得感覺，他簡直就像是我未出世的兒子！」

克里夫聞言，內心猶豫了。

原來，女王的丈夫哈爾瓦早逝，獨生女伊索德也死於傳染病；若是女王知道寵愛多年的姪子想害死自己，會有多麼悲傷、多麼痛苦啊！

不行。此事萬萬不能讓女王知道，但也不能袖手旁觀。因為祖母綠會逐漸侵蝕女王，害她變得衰弱，最後奪走她的生命。詛咒之歌已經把結局說得很清楚了。

一定要想辦法，救救女王才行。

克里夫忽然有個想法。

如果用歌聲對付歌聲呢？我的歌聲與豎琴的琴音，或許能消除祖母綠的憎恨？說不定久而久之，就能淨化詛咒。

況且，只要保護女王到仲夏節當天，亞爾王子應該就不會再謀害女王了。

克里夫重新架好豎琴，對女王說：「陛下，方才真是失禮了。

我的聲音已恢復，請容我為陛下獻唱一曲。」

「這樣啊，那就有勞你了。」

克里夫緩緩開口，為躺在床上歇息的海蒂歌唱。從那天起，克里夫比以往更加誠心侍奉女王。

愛之歌、關懷之歌、救贖之歌。

他唱出自己記得的每一首歌，用已知的所有曲調彈奏豎琴。

詛咒的祖母綠啊，打開那緊閉的冷酷心房吧！請不要從我們身邊奪走海蒂女王。

用靈魂獻唱、彈奏的歌曲與琴音，確實有了效果。祖母綠淒厲的叫聲，稍微減低一些音量。

然而，這個方法也奪走克里夫的能量，他變得越來越瘦，頭髮與肌膚也失去光澤。隨著克里夫的衰弱，詛咒的能量又增強了。

不久，海蒂女王咳嗽的次數變多，原本挺直的背脊也開始駝背了。

女王抱怨這陣子老是喘不過氣，克里夫也一再建議：「應該是項鍊太重，不如把項鍊拿下來吧！」

但是，海蒂總是微笑回答：「無論發生什麼事，我都不打算拿下亞爾送我的禮物。」

克里夫慌了。

詛咒很快就要抵達女王的心臟，但克里夫的努力，就如杯水車薪，這顆祖母綠實在太強大了。

儘管如此，他還是不放棄，因為女王對他恩重如山。

克里夫本來是其他島嶼的人，雖然日子過得很辛苦，但父母非常愛他，一家人每天過得很幸福。

可惜好景不常，有一天，維京人突然從海上打過來了。

可怕的士兵們殘忍的奪走村民的性命，搶走為數不多的糧食與錢財。但他們真正的目標其實是小孩，因為小孩跟年輕女孩，可以當成奴隸高價賣出。

那一天的慘狀，克里夫仍歷歷在目。彪形大漢殺死擋在前方保護家人的父親，接著殺害母親，然後粗暴的一把抓起嚎啕大哭的克里夫，發出野獸般的笑聲。

孩子們被維京人擄到船上，而船上早有一群從其他島上抓來的女孩。明明她們也被綁了起來，但臉上卻沒有絲毫絕望或悲傷，反而上前安慰哭泣的克里夫及其他孩子。

「放心吧！我們的女王陛下，一定會來救我們的！」

女孩說的一點也沒錯，遇襲才過了一天半，海蒂女王便率領戰士們，前來搭救穆族少女了。

海蒂身穿鎖子甲，率先拔劍攻向維京人。她甩動飄逸的金色長髮，豪氣的浴血奮戰，簡直是女武神的化身。克里夫目瞪口呆，看著剛才那群張牙舞爪的維京人，一個個被女王撂倒。

海蒂女王的軍隊獲得壓倒性勝利，奴隸們得到自由，但克里夫卻無家可歸；所幸海蒂收留了克里夫，將他帶回托雷島，讓他在白鹿館長大成人。

「要是沒有陛下，我恐怕已經不在世上了。這條命是陛下給

的……我必須想辦法救她才行。」

乾脆把項鍊偷走，丟到海裡算了？只要女王能得救，就算因竊盜罪被處決也無妨。

克里夫簡直要被逼得走投無路了。

此時恰巧發生一件事，讓煩惱的克里夫想到新方法。卡耀島的領主前來拜訪女王，他的手上戴了石榴石與月光石戒指。

石榴石的歌聲強而有力，而月光石的歌聲柔和細緻；兩顆寶石的聲音完美融為一體，反而更襯托出彼此的強項與優點。

這讓克里夫想起一件事。

對了！人類有個性，寶石也有自己的個性；因此，有些寶石互相排斥，但有些寶石能表演一段美妙的合唱。當兩顆氣味相投的寶石相遇時，它們的聲音可真是愉悅極了。

想到這兒，克里夫知道該怎麼做了。

「那顆祖母綠的聲音，應該不是原本就如此可怕，只是有人對祖母綠下咒，使它的靈魂變得暴躁而已。如果能找到適合它的寶石，引導出它原本高貴的特質……說不定就能破解詛咒。」

克里夫立刻前往島上的市場。

人聲鼎沸的市場，今天的貨品依然五花八門。

毛皮、紡織品、肉乾、鹽漬魚、匕首跟鎧甲，以及許多寶石。

克里夫豎耳傾聽，四處尋找寶石。他需要一顆跟祖母綠氣味相投的寶石，而且能量必須夠強，不能被祖母綠比下去。

很遺憾，當天並沒有找到想要的寶石。

「唉……或許下次進貨時，會有我想要的寶石吧！」

從那天起，每當有新的貨船到港，克里夫便前來尋找寶石。

在這段期間，為了保護女王，他依然鞠躬盡瘁為女王歌唱。只見他的身體越來越消瘦，臉上也出現黑眼圈。

女王擔心克里夫，要他暫時休養一陣子。但克里夫婉拒了，因為自己的歌聲與琴音，是延長女王性命的唯一方法。

有一天，克里夫聽聞新的貨船到港，立刻拖著虛弱的身體前往碼頭。

他步履蹣跚、頭重腳輕，從天空灑落的陽光彷彿萬箭齊發，刺進他的腦門。這陣子，克里夫也開始心臟痛了。

「我所剩的時間不多了。」

他著魔般的反覆提醒自己，急促走向新來的貨船。

好大的一艘船，船首有龍的雕刻像，看起來船速很快。船員動作俐落的將船上的貨物卸到碼頭，準備運到市場去。

克里夫豎耳傾聽，想知道裡頭有沒有寶石。

此時——聽到歌聲了！

雖然聲音很微弱，但歌聲清脆嘹亮。是寶石！我想要的寶石，就在附近！

克里夫彷彿著魔般尋找歌聲，衝到船上。

船上有個年輕女孩，她外型剽悍，混在一群男子之中搬貨。

她的右耳掛了一塊巨大的縞瑪瑙耳環，外觀被打磨成尖牙狀，它昂揚的歌聲，是克里夫從未聽過的聲音。

終於找到想要的寶石了！克里夫眼泛淚光的走近年輕女孩。

女孩看到一名陌生人接近自己，立即露出警戒的目光。

「你誰啊？為什麼擅自跑到我們船上？」

「抱、抱歉。我看到你的耳環，忍不住就……冒昧問一下，那顆寶石能不能賣給我？」

「才不要，這可是我的戰利品呢！」

女孩自豪的撫摸耳環。

「去年有一群維京人攻擊我們的島，當然，我們兩三下就打敗他們了。我打贏了三個士兵，這是其中一個人的東西，現在已經是我的戰利品了。」

「別這麼說嘛！求求你！當然，錢不是問題，如果你願意讓給我，要我做什麼都行。」

然而，女孩只是冷漠的搖搖頭。

此時，一旁的男子聽完兩人的對話後，對女孩附耳說道：

「喂！奈雅。這小子是白鹿館的豎琴師啦！」

女孩一聽，露出調皮的眼神說：「你就是海蒂女王寵愛的豎琴師？聽說你的聲音彷彿銀鈴，而且只為女王歌唱。不然，你唱首歌來聽聽吧！如果我聽了滿意，就把耳環給你。」

「真的嗎？」

「當然。不過，要是你敢隨便唱歌敷衍我，我就把你踢到海裡。好了，快點唱吧！」

克里夫有點畏怯，因為他知道自己已經快不行了，若是現在唱歌，恐怕會力盡而亡。

但是，沒有時間猶豫了！他現在急需要這塊縞瑪瑙。克里夫下定決心，唱出這首寫給海蒂女王的歌曲。

是誰身姿優美，
彷彿春日暖陽？

那是穆族的海蒂。
她身上掛著輕快的鈴鐺，
衷心喜愛豎琴的音色，
她是春日的祝賀者。

是誰驍勇善戰，
彷彿夏日雷霆？
那是穆族的海蒂。
她的玉手高舉刀劍，

飄逸金髮就是她的鎧甲，
她是夏日風暴的戰士。

是誰手抱碩大的果實，
彷彿秋日豐穰？
那是穆族的海蒂。
她用智慧保衛人民，
餵飽飢腸轆轆的人們，
她是秋日的豐收女神。

是誰與冬日繁星為友，
身懷高雅凜冽氣息？
那是穆族的海蒂。
她胸懷不滅的榮譽，
貫徹真誠之道，
她是冬日的黎明之光。

克里夫一邊唱歌，一邊在腦中勾勒海蒂女王的身影。
高大、胸懷榮譽、充滿智慧的海蒂女王，她是勇猛的女戰士，也是慈愛的母親。那位光輝璀璨的女王，絕不能被汙穢的詛咒奪走性命。眾神啊！大海與風啊！請保護我的女王吧！

克里夫將自己對女王的敬愛與感謝，毫無保留的唱出來。這首歌，簡直是用靈魂獻唱的歌曲。

一曲唱完，在場鴉雀無聲。所有人彷彿石頭般靜止不動，對克里夫投以詫異的目光。

我搞砸了嗎？哪裡唱得不好嗎？

克里夫忐忑不安的望著縞瑪瑙的主人。

只見剽悍的女孩眼泛淚光，手指顫抖的將耳環卸下。

「來，拿走吧！這是你的了。」她感動得聲音沙啞，低聲道。

「謝謝你。」

克里夫握緊剛到手的縞瑪瑙，步履蹣跚的朝向白鹿館前進。途中他眼前一暗，跌倒好幾次，胸口疼痛常常喘不過氣；一咬緊牙根，口中居然有血腥味。

即使如此，克里夫還是不斷前進，抵達白鹿館。他用盡最後的力氣，走到女王面前。

海蒂見克里夫嘴角流血，眼看就要不支倒地，嚇得急忙起身。

「克里夫，你怎麼了？」

「陛下……這是我獻給您的禮物。」

克里夫在意識模糊之中，將縞瑪瑙耳環遞給海蒂。

「我很想一輩子侍奉您，但看來是沒辦法了。請將這塊縞瑪瑙當成我，留在您身邊。」

「你在胡說些什麼！振作點，克里夫！來人，叫藥師來！」

「已經太遲了。啊，陛下，請您務必收下這塊縞瑪瑙。求求您、求求您收下！」

海蒂見克里夫如此激動，似乎感覺到了什麼。她從克里夫手中接過縞瑪瑙，哭喊：「好，我會心懷感激的收下它。你看，我收下了，這已經是我的了。我會隨身佩戴它，所以你別死啊，克里夫！」

「啊……」克里夫微微一笑。

縞瑪瑙的歌聲變得更加悅耳動人，彷彿吸收了方才克里夫的歌聲。

現在縞瑪瑙的歌聲，是克里夫的聲音。它的歌聲，蘊含保衛女王的堅定意志。

祖母綠的聲音似乎不敵縞瑪瑙，那淒厲的叫聲，很快就變弱不少。

這樣應該沒事了，克里夫心想。

接著，他閉上眼睛。

「海蒂女王，我的女王啊！請保重身體。我衷心祈禱，您能永遠榮耀、健康。」

「慢著，克里夫！不行！你不能死！」

「請您將那塊縞瑪瑙留在身邊，我的靈魂將寄宿在裡面……」

此時，克里夫用盡最後一絲力氣。

年輕的豎琴師宛如斷線的琴弦，斷氣了。

海蒂女王讓位給史瑞爾後，活到了八十二歲。她熱愛打獵與麥酒，總是挺直腰桿、聲如洪鐘，好像永遠不會老似的。

民間謠傳，女王之所以如此硬朗，都是多虧祖母綠與縞瑪瑙的庇佑。她隨身佩戴祖母綠項鍊與縞瑪瑙耳環，一輩子都不曾拿下來過。

每當有人說起這件事，海蒂的眼神，總會流露出一抹哀傷。

「是啊，我的確覺得自己受到庇佑……這兩件飾品，分別是兩個人送給我的，但這兩人卻在同一年過世。我和他們情同母子，將他們視如己出……我的姪子亞爾從馬上摔下來，傷重不治。而豎琴師克里夫究竟為何而死，我到現在還不明白。不過，當我戴著這副耳環時，總覺得他好像就在我身邊。」

語畢，海蒂悄然撫摸耳環。

即使退下王位，人們還是尊稱她為「女王」。深受人民喜愛的海蒂，臨終時依然不改其風骨。

當晚，她注視著家僕們說：「看來今晚，就是我的死期了。」家僕們個個大驚失色，不明白為何女王要說這種話，但她只是瀟灑一笑。

「我聽見悅耳的銀鈴聲。他在呼喚我……各位，永別了。」

語畢，海蒂女王將麥酒一飲而盡，走向寢室。

隔天早上，家僕發現床上的女王，已經變得冷冰冰了。

女王臉上浮現微笑。那笑容似乎在說，我與久違的朋友終於重逢了。

祖母綠

祖母綠，在日本又稱為「綠玉」。顏色鮮豔翠綠，卻又令人毛骨悚然，彷彿蘊含著惡魔的能量。據說魔王路西法的王冠，鑲嵌的正是祖母綠。另一方面，古羅馬人相信祖母綠能舒緩眼睛疲勞；將祖母綠與縞瑪瑙配成一對，似乎具有驅魔的功效。祖母綠的寶石語是「成功」、「幸福」。

螢石

拒絕暴君尼祿的寶石

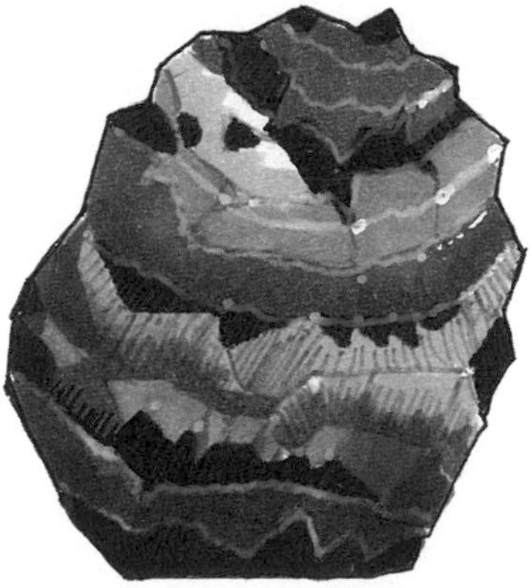

羅馬的雕刻家拉謬斯，正臉色鐵青的坐在大石塊前方。

這可不是普通的石頭，而是人稱「螢石」的寶石。這塊原石才剛從山上挖掘出來，尺寸大如嬰兒。

這塊石頭的主人，也不是普通人，而是羅馬皇帝——尼祿。

年僅十六歲就登基的尼祿，如今已是眾所周知的暴君。他驕傲自大、鋪張浪費，完全不把人民放在眼裡。

當權者總是喜歡寶石，尼祿也不例外，他對螢石特別著迷。

綠色、紫色、藍色……各種顏色的螢石，看起來光潤透明、晶瑩剔透。由大顆螢石所切割製成的酒杯、器皿，更是美麗而價值非凡，令尼祿如痴如醉。他為了得到螢石，甚至蠻橫搶走某個貴族的全部收藏品。

這天，尼祿得到了一塊珍貴的螢石原石。尺寸自然不在話下，色澤更是典雅迷人；由淡綠色與紫色的色帶相疊而成的色調，簡直是美到筆墨無法形容。

尼祿喜不自勝，立刻召見羅馬最知名的雕刻家拉謬斯入宮。

「你來打磨這塊石頭，刻成朕的雕像。你必須用這顆珍貴的寶石保留朕的風采，好讓千年後的後人得以瞻仰。」

拉謬斯聽到尼祿的要求，頓時臉色發青。

沒錯，拉謬斯確實是天才雕刻家，生涯中也創造出無數傑作；然而，他處理的全都是大理石，從未雕刻過螢石。螢石的硬度究竟如何？有什麼特性？他簡直茫無頭緒。

拉謬斯字斟句酌的婉拒：「小的沒辦法處理如此貴重的寶石，請陛下另請高明吧！」

尼祿聞言，原本那張興高采烈的臉，很快就蒙上憤怒的烏雲。他面色發紅，雙眼閃出殺意。

拉謬斯畏怯的縮起身子。

「拉謬斯啊，朕不習慣被拒絕，也不打算習慣。還是說……

你是故意想嘗嘗獅子的怒火？」

執拗的尼祿，語氣冰冷得令人不寒而慄。

拉謬斯嚇得冒出一身冷汗。

此刻，拉謬斯終於想起尼祿是一頭怪物。只要有人擋他的路，就算是親生母親與妻子，他也照殺不誤；拉謬斯的命在他眼中，就跟路邊的石頭沒兩樣。

看來只能答應了。

然而，拉謬斯回到工作室之後，卻遲遲沒有動工。

萬一失手將寶石弄出裂痕呢？萬一用鑿子時稍微施力過猛，

恐怕會敲掉一大塊寶石，或是直接裂成兩半。那樣肯定沒救了，尼祿一定會氣得殺掉拉謬斯。

拉謬斯的腦海中，一直浮現自己淒慘的死狀，實在無法專心；但若是不動工，也會惹火尼祿。

拉謬斯走投無路，只好自掏腰包，搜刮市面上較為大塊的螢石原石，他決定先用這些石頭，試試身手。

不出所料，螢石的硬度與大理石完全不同，雕起來的手感也不同。螢石比想像中更容易裂開，試做第一塊時不小心太用力，就敲碎了。

第二塊雖然略有進步，但也在試做中途裂開了。

不過，拉謬斯憑藉著多年來使用鑿刀雕刻的經驗，總算逐漸掌握了螢石的特性。

皇天不負苦心人，他終於做好一塊紀念章了。紀念章的尺寸與金幣差不多，上頭完美重現尼祿的側臉。

呼！拉謬斯鬆了一口氣。這下子，應該有希望完成雕像了。

拉謬斯總算有了信心，再度走向那塊巨大的螢石。

他在腦海中勾勒尼祿的臉龐。髮型做成捲髮，再戴上月桂王冠；至於臉部，一定要雕刻得美一點，否則尼祿會不高興。

「好！」

構想大致上有了雛形，於是拉謬斯拿起鑿子，準備動工——奇怪！

他就是提不起勁。不知為何，只要想拿鑿子敲石頭，就會突然興致全無、全身無力。

隔天也一樣。再過一天，依然沒有改變。

拉謬斯急得像熱鍋上的螞蟻，再這樣下去，雕像恐怕永遠也無法完成。沒耐心的尼祿，絕不可能等他太久。

眼看死期一天一天逼近，拉謬斯夜不成眠，只好天天買醉，麻痺自己的恐懼與無力感。

有一天，拉謬斯喝得醉醺醺的，下意識對著螢石破口大罵。

「為什麼？你到底是哪裡不滿意？好歹告訴我原因吧！我的命就掌握在你手裡，我就算要死，也不能死得不明不白！」

罵完，拉謬斯便沉沉的進入夢鄉。

睡夢中，拉謬斯遇見一名少女。

這名年約七歲的少女穿著紫色衣裳，留著一頭儼如螢火的綠色秀髮，蹲在地上哭泣。

拉謬斯見狀，心生憐憫。他立即上前關心，想幫助這名少女。

「你怎麼哭了？有心事不妨告訴伯伯，說不定我可以幫你！」

少女抬頭望向拉謬斯，她的五官可愛得驚人，右眼是明亮的若草色，左眼是葡萄酒般的深紫色。

拉謬斯忽然覺得頭腦一陣混亂，他好像認識這孩子，但他們明明是第一次見面，是素不相識的陌生人啊！

少女以清亮的嗓音，對困惑的拉謬斯說：「有人拆散了我跟媽媽，把我帶到遙遠的地方。我好想回到媽媽身邊呀！」

少女因想念母親，不斷啜泣。她豆大的淚珠，刺穿了拉謬斯的心。

他連忙安慰少女。

「好了好了，你別哭，放心吧！伯伯會幫助你的。令堂叫什麼名字？住在哪裡呢？只要知道她住在什麼地方，我馬上帶你回家。」

「她叫埃特納。不過，伯伯，你是幫不了我的。因為，我就要變成糟糕的樣子了。若是那一天到來，我將永遠無法回到媽媽身邊。不要！我不要那樣！媽媽，救我！保護我！」

少女放聲大叫、拚命搔頭。拉謬斯正想過去抱住她，就忽然醒了。

等回過神來，他懷裡居然抱著螢石的原石。看來，剛才應該是醉醺醺的抱著螢石睡著了。

拉謬斯一邊回想剛剛的夢，一邊仔細端詳螢石。綠色與紫色——這正是少女身上的顏色。

啊！拉謬斯恍然大悟，難怪覺得她很面熟！除此之外，他也明白了另一件事。

「原來是這樣啊，你……不想變成皇帝的雕像，是嗎？所以你才拚命自我防衛。」

拉謬斯彷彿在原石中看見少女，大喊「不要、不要！」說自己不想變成那副模樣。

拉謬斯又陷入苦思。老實說，他根本不想做尼祿的雕像，如今知道螢石的心願，就更下不了手了。不過，若是拉謬斯不動工，會有什麼下場？尼祿只會處死他，然後將螢石交給其他雕刻家處理。

那麼，到底該怎麼辦呢？

四天後，拉謬斯心生一計。

他睜著布滿血絲的雙眼，對螢石一五一十的說出自己的計畫。從旁人眼中看來，都會覺得他發瘋了。不過，拉謬斯對此十分認真，因為只要順利，螢石跟他都能得救。

「不成功，便成仁……你願意把自己的命運託付給我嗎？」

語畢，拉謬斯拿起久違的鑿子，對著螢石敲下去。這次，他不再莫名無力了。

尼祿聽到雕刻家拉謬斯求見，不禁從寶座上彈起來。拉謬斯來了！那麼，想必是雕像已大功告成！

尼祿快要等得不耐煩，聽聞這則喜訊，連忙叫人把拉謬斯帶過來。

幾個月不見，拉謬斯變得消瘦不少，整個人蒼老許多。尼祿望著這個生命力被掠奪殆盡的雕刻家，不禁皺眉。

「我討厭醜陋的東西。連看的價值都沒有。下次，乾脆規定老人不准住在羅馬算了。」尼祿暗自打著壞主意。

他詢問拉謬斯：「拉謬斯啊！朕要的東西，你帶來了嗎？」

「是的，陛下。就是這個。」拉謬斯交出手中的包袱。

尼祿接下包袱，興沖沖的打開，結果一開就愣住了。

「這是……什麼意思？」尼祿喃喃質問，語氣聽起來震驚又憤怒。

「朕要你打造朕的雕像……你做的這是什麼東西？」

也難怪他如此生氣。包袱裡的東西並非尼祿的雕像，而是一尊少女像。

少女看起來約莫七歲，十分可愛；拉謬斯精湛的手藝，使少女栩栩如生，巧笑倩兮。他善用了螢石的濃淺色調，讓雕像擁有綠色頭髮及紫色衣裳。

然而，無論這尊雕像多麼完美，都不是尼祿想要的東西。

儘管尼祿的臉色越來越難看，拉謬斯依然面不改色。他沉著的解釋：「請陛下恕罪，小的無法達成陛下的要求。因為，女神向小的託夢了。」

「女神？」

「是的。小的在夢中見到一位美麗耀眼的女神，趕緊跪下磕頭。女神說：『我是月之女神戴安娜。那塊螢石是我的東西，你若要刻，就要刻成我的模樣。若尼祿將此物留在身邊，就能得到我的庇佑。』說完，女神就消失了。」

「所以，你就把朕的螢石，弄成這副模樣？」

尼祿氣得臉色發黑。

「蠢材！女神怎麼可能向你這種卑賤的平民託夢！你竟敢將夢當真，糟蹋朕的寶石！」

「恕小的斗膽，那可不是普通的夢，而是戴安娜女神真的託夢了。」

尼祿被拉謬斯這麼一反駁，反倒一時語塞。畢竟這幾年，從來沒有人敢反駁他。

拉謬斯見機不可失，趕緊乘勝追擊。

「小的一心景仰陛下，陛下可說是藝術與音樂的守護者，若您能得到戴安娜女神的庇佑和祝福，那真是如虎添翼，相信陛下的帝國會更加璀璨榮耀。」

「嗯……」

「況且……陛下，請仔細端詳這塊螢石。這柔和的色調、朦朧的色帶，怎麼看都是女性啊！」

「那又如何？」

「陛下的英姿有如太陽神阿波羅下凡，刻在這塊螢石上，未免過於陽剛。即使沒有女神託夢，小的也不敢將陛下的英姿刻上去。陛下如此熱愛美好的事物，想必能了解小的這分心意吧？」

拉謬斯刻意選擇，最能挑起尼祿自尊心的字眼，挑釁的望向尼祿。

好了，怎麼樣？你會怎麼回答呢？自戀狂尼祿？再看一次雕像吧！這少女的外貌可不是我想像出來的，我只是將禁錮在石頭裡的東西，顯現出來而已。因此，這雕像才會如此栩栩如生。

還是說，你覺得自己的外貌更適合刻在這石頭上？如果你真的這麼想，那你就是瞎了眼睛！我要大肆取笑你一番！

拉謬斯已經豁出去了。反觀尼祿，卻是心神不寧、目光游移。他對於拉謬斯的所作所為感到憤怒，但拉謬斯所說的話，卻是深得他心。更重要的是，這尊雕像實在是太完美了，他想把雕像留下來！

尼祿感覺自己對雕像的執著越來越強烈，於是提出最後一個問題。

「話說回來，為什麼是少女的雕像？託夢給你的，應該是一名美麗成熟的女神吧？」

「是的，陛下說的沒錯。小的刻意將雕像做成少女的外型，如此一來，這名少女就是專屬於陛下的戴安娜女神了。陛下在得到戴安娜女神庇佑的同時，也能成為這位年幼女神的守護者。」

尼祿聞言，簡直滿意得不得了，終於咧嘴一笑。

「拉謬斯，你做得很好！朕要獎賞你，賜你兩倍賞金！」

「叩謝皇上。」

贏了！我跟螢石打敗暴君尼祿了！

雕刻家拉謬斯卸下心中的大石，朝尼祿一鞠躬。

數年後，羅馬發生內亂。人民不滿殘酷善變的尼祿，因此揭竿起義，意圖推翻尼祿、另立新皇帝。

尼祿轉眼間就被逼到絕路，他明白大勢已去，於是親手毀壞自己的寶石收藏品。

「朕的寶物，豈能落入他人手中！與其如此，倒不如朕親手毀了它們！」

這種傲慢的想法，正是標準的尼祿。

就連那尊螢石少女像，尼祿也毫不猶豫的將它砸在大理石地板上。

拉謬斯精心打造的雕像，就這麼砸得粉碎，消失在世界上了。之後，尼祿自殺，羅馬的歷史掀開了全新的一頁。

其實，歷史上還有一件不為人知的軼事。

在尼祿垮臺之前，有一名老人前往西西里島。島上的人問他：「你來島上做什麼？」

他回答：「我是送小女孩回到她母親身邊的。」

接著，老人將一尊只有手掌大的迷你少女像，埋在埃特納火山的山腳下。

唯有老人跟螢石知道，這尊螢石雕像，是從大塊原石上雕刻出的第一尊雕像。

螢石

螢石的英文是Fluorite。有些螢石色調朦朧，有些螢石晶瑩剔透，各自綻放獨特魅力。螢石的英文Fluorite源自拉丁文fluo，意思是「流動」。螢石能解開人心中混亂的癥結，賦予人跨越難關的力量。此外，螢石還有一項知名的特點，就是陽光照射或加熱，都能使螢石發光，螢石的名稱便是由此而來。寶石語為「自由」、「希望」。

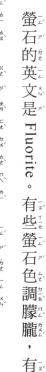

黑蛋白石

偉大薩滿的繼承人

在一片崇山峻嶺的山腳下，有一座廣大的森林。這裡，是史瓦力族的部落。

史瓦力族靠採集與狩獵維生，尤其是秋天洄游到噴霧河上游的大批鮭魚，更是他們度過寒冬不可或缺的糧食。

年老的薩滿夢白樺，是史瓦力族的首領。他能聽見精靈的聲音，也能夢見預知夢，整個部落全仰賴他的智慧。

話說某個夏季夜晚，部落裡最強的獵人追風狐，生了一個男嬰。不過，每個人看到嬰兒都大失所望，因為嬰兒的右手，萎縮得有如枯枝。

他就算長大成人，也不可能拉弓射箭，亦不能撒網捕魚，多麼可憐的孩子啊！

然而，夢白樺卻感應到嬰兒身上有某種力量。他喝下白樺的樹汁，進入聖眠，好向精靈請教最適合嬰兒的名字。

天快亮時，夢白樺終於睜開眼睛，開心的說：「精靈說，這孩子將來會成為偉大的薩滿。追風狐啊，這孩子就由我養育，你同意嗎？」

「當然。當不成獵人的孩子，我不能養；既然他能在您手下成為薩滿，那是再光榮不過了。」

從此，嬰兒成了夢白樺的徒弟。

夢白樺為嬰兒取了一個非常棒的好名字，那是精靈所賜予的名字。

光陰似箭，嬰兒長大成人，成為一個健康活潑的少年。雖然他的右手依然萎縮，但頭腦聰明靈光，很快就學會夢白樺教導的傳統與藥草知識。

部落裡的人，開始對這名聰明的少年寄予厚望，產生各種想像與期待。

聽說他會成為偉大的薩滿，不知道會展現什麼樣的神通？是跟夢白樺一樣，在夢中與精靈接觸嗎？還是說，他體內就寄宿著精靈，能夠使出神通力？說不定他還能靈魂出竅，附身在鳥類或野獸身上呢！

哇！要是真能如此，我們就能知道哪裡有獵物，也能躲避天災了。說不定他也能為我們招來獵物呢！總之，以後史瓦力族有好日子過了。

部落裡的每個人都翹首盼望，希望少年薩滿趕快發揮神通力。

然而，等了又等，少年依然沒有神通力。

每過一年，族人就越失望，最後認定少年就是個廢物。大家也漸漸忘記他本來的名字，開始叫他——小枯枝。

唯有夢白樺，始終相信著少年。

「你出生的那晚，精靈們發出歡呼，聲聲呼喊你的名字。他們說，期盼已久的薩滿終於出生了。你別在意別人說的閒話，你確實有能力，只是還沒發揮出來而已。」

「那麼……我該怎麼辦呢？」

「我啊……叫做『夢白樺』是因為我能藉由飲用白樺的樹汁，讓精靈來到我的夢中。你必須尋找自己的白樺樹汁，如此一來，必能發揮潛能。」

小枯枝遵循師父的教誨，努力尋找能激發潛能的方法。不是浸泡在水中冥想，就是咀嚼苦澀的松葉，或是用力吸煙霧，吸到自己頭昏腦脹。

然而，依舊徒勞無功。

在小枯枝出生後的第十六個春天，夢白樺過世了。他是自然死亡，壽終正寢。

但是對史瓦力族而言，他的死亡是一場災難。夢白樺是部落的支柱，但他的繼承人小枯枝，卻仍然聽不見精靈的聲音，也夢不到任何預知夢。

部落裡少了薩滿，今後該怎麼辦呢？族人對此擔心極了。

然而真正的災難，半年後才正式到來。

那一年，噴霧河連一隻鮭魚都沒有。

史瓦力族人卯足了勁，連晚上也守在河邊，等待鮭魚洄游。

但是，秋天飛逝，直到雪花飄落，鮭魚依然沒有出現。

這段期間，小枯枝用盡一切努力。他供奉河川，拚命祈求上天帶來鮭魚，並且比以前更努力呼喚森林的精靈們，希望知道鮭魚不洄游的原因。

然而，再怎麼祈求、呼喚，全都徒勞無功。

小枯枝深深體會到自己的力量有多薄弱。若是自己能稍微使出薩滿的神通力，就能幫助族人了。

「夢白樺，請幫幫我！你應該能為我指點迷津吧！」

他多次向夢白樺的靈魂求救，但師父並沒有現身。

時間不等人，冬天變得越來越寒冷、殘酷，史瓦力族也感到越來越絕望。

男子們每天外出狩獵，但今年森林的動物數量減少，導致他們經常空手而回。

女子們則是熬煮樹皮或樹根，供孩子們食用。

即使如此，糧食還是日漸減少，族人餓到肚子凹陷、面黃肌瘦，只剩眼睛骨溜溜的轉呀轉。生完產的女子們產不出乳汁，嬰兒連微弱的哭聲都哭不出來。

不能再猶豫了！不犧牲一個人的話，所有人都會餓死。必須請一個人離開村子，然後把他那份糧食分給獵人，讓獵人們吃完有力氣出外打獵。

以上，是眾人討論出來的結果。至於要犧牲誰，答案很明顯，連討論都不需要討論，所有人都望向小枯枝。

他靜靜點頭，喃喃說道：「我離開村子吧！」

他並不怨恨大家。因為小枯枝比任何人都怨恨自己，怪自己空有年輕健康的身體，卻什麼忙都幫不上。

小枯枝決定當天就離開村子，他只帶走夢白樺留下的菸斗，便走出帳篷。

族人們各自回到自己的帳篷，屏息以待。

唯有小枯枝的父母追風狐與笑月，選擇待在帳篷外。他們神色悲傷，目送他離去。

儘管小枯枝一生下來，就成為夢白樺的徒弟，從未與父母同住一個帳篷下，但他依然感覺心頭湧現一股暖流。原本以為不會有任何人送行，如今有父母以目相送，令他格外感動。

小枯枝對兩人露出笑容，然後離開村子。

森林積雪、天寒地凍。明明是大白天，天空卻很陰暗，狂風呼嘯如狼嚎。無論天氣如何惡劣，依然阻止不了小枯枝堅定的往前邁進。

他不想死在村莊旁邊，因為沒有人想被人看見自己的屍體。

儘管飢餓虛弱，小枯枝的腳步卻意外穩健，不知不覺走到岩山附近。

這裡有一個貌似裂縫的洞窟，據說此處有死亡野獸，沒有任何一個族人，敢靠近這裡。然而，這對小枯枝而言，正是絕佳的安息之地。

在這洞窟深處靜靜迎接死亡吧！無論有沒有死亡野獸，都跟我沒有關係。

小枯枝走進洞窟，洞內意外溫暖，冰冷的身體終於能稍稍喘息。看來即使下定決心，身體依然有強烈的求生欲啊！年輕人深感不可思議，繼續往前進。

沒多久，洞窟的路變成下坡，光線也越來越暗。

直到完全被黑暗包圍，小枯枝才停下腳步，蜷縮身子。

就走到這吧！在這裡靜靜等死，說不定睡著沒多久，死亡就降臨了。

小枯枝認為這是最好的方法，於是閉上眼睛，打算睡覺。身體已疲憊不堪，應該很快就能入睡。

然而，不知怎的，他遲遲睡不著。

「怪了……」

他聽到了窸窣的聲響。除了自己的心跳聲之外，黑暗中似乎傳來某種聲音，彷彿有人正瘋狂呼喚小枯枝。

「夢白樺，是您嗎？您來接我了嗎？」

他不自覺出聲，卻無人答腔，只聽得到持續不斷的呼喚。

小枯枝實在受不了，只好起身摸索，朝著聲音的來源方向慢慢前進。

洞窟裡伸手不見五指，連一丁點光源都沒有。

儘管如此，小枯枝越是前進，直覺就越敏銳。走著走著，他逐漸了解洞窟內的地形。例如腳下有大石頭，或是眼前有一塊突出的尖銳岩石，他都一清二楚。這並非是眼睛習慣黑暗，而是直覺的功勞。

這種感覺簡直奇妙極了，而且最奇妙的，莫過於聲聲呼喚小枯枝的聲音。

過來，快過來呀！

不知不覺中，小枯枝開始專心循著聲音前進。他穿越岩石的縫隙，總算抵達聲音的來源了。

那是一塊平坦的圓形石頭，大小跟鹿的眼睛差不多；石頭的表面光滑，顏色烏黑而透光，彷彿夜晚的湖水。

石頭裡有彩虹，紅、綠、藍、金……無數的閃爍光芒，美得令人屏息。

蘊含彩虹的石頭，固定在洞窟的岩壁上，等待小枯枝的到來。

「快點、快點！」石頭催促他趕快動手。

小枯枝雙手顫抖將石頭從岩壁上取下，用力握緊。

剎那間，他腦海中閃過一道光芒。光芒將小枯枝推出洞窟，轉眼就到了外面。

小枯枝驚訝的俯視下方，只見洞窟不遠處，有一座山腳下的森林。緊接著，他看見史瓦力族的獵人們，追風狐走在最前方，帶領眾人緩慢的爬上斜坡。

不料，他們還沒爬完斜坡，一群白色野狼忽然從上方群起圍攻，襲擊獵人。

男子們發出慘叫，一個個被野狼吞噬。這副慘狀令小枯枝不自覺大聲尖叫，而這一聲大叫所產生的能量，猛然將他拉到了地面上。

回過神來，他又回到漆黑的洞窟裡。

小枯枝汗流浹背，納悶的眨了眨眼。他並沒有睡著，卻夢見一個清晰的夢，難道是餓到產生幻覺嗎？

不、不對，這是預知夢，是精靈發出警告，提醒他史瓦力族的獵人們，即將大禍臨頭。

小枯枝坐立難安，索性向外跑。必須趕快離開這裡，警告獵人們！奔跑時他全程緊握石頭，或許是因為如此，他才沒有在黑暗中迷失、也沒有迷路，順利抵達出口。

小枯枝繼續一路狂奔，在這段時間內，不祥的預感越來越強烈了。

拜託，一定要趕上！守護史瓦力族的祖靈啊、精靈們啊！請賜予我力量吧！

小枯枝在積雪中，舉步維艱的前進，好不容易才抵達那座山的山腳下。

一看，史瓦力族的獵人們正要開始爬坡，而帶隊的人正是追風狐。

跟預知夢一模一樣！小枯枝大驚失色，儘管跑得氣喘吁吁，依然拚命張大嘴巴，聲嘶力竭的大喊。

「停下來！別過去！」

獵人們嚇得回頭看。

「小枯枝？你怎麼在這裡？」

「別問這個了，快回來！快回來這裡！白色野狼要攻擊你們！」

小枯枝這番話，令獵人們一頭霧水。

「白色野狼？」

「我從來沒看過什麼白色野狼。」

「那小子在森林裡徘徊尋死，腦袋不正常了嗎？」

然而，追風狐二話不說立即折返，默默走向小枯枝。

「喂，追風狐！難道你相信那小子的話？」

「那小子是個當不成薩滿的廢物，這一點，你也很清楚吧？」

「是啊，我知道。」追風狐點點頭。「從前，我一直不相信

他，但這回我選擇相信。小枯枝如此拚命警告我們，一定有什麼原因。」

既然追風狐嚴正表態，其他獵人也只好摸摸鼻子，不甘不願的離開斜坡。

不久，某處傳來可怕的巨響，原來是雪崩了。雪崩宛如一群白色野狼，瞬間覆蓋剛才獵人們所在的地點。

離村尋死的少年，帶著蘊含彩虹光芒的奇妙石頭，回到了村莊。只要他握緊石頭，就能隨時開啟靈魂之眼，看見所求之物。他也查出鮭魚不洄游的真正原因。原來，夏天的大雨改變河川的流向，導致鮭魚游向其他河川的上游。

少年找到新的捕魚地點，告訴族人明年起，就能在那裡捕捉鮭魚了。

此外，少年也多次找到鹿、野牛、雷鳥等獵物的棲息地，多虧他，史瓦力族終於有肉可吃，總算能熬過冬天了。

如今，每個人都認定少年是個偉大的薩滿，也開始稱呼他真正的名字了。他的名字是——攫虹者。

黑蛋白石

黑蛋白石，英文是Black Opal。其外觀宛如漆黑夜空中的繽紛極光，看著它，彷彿能窺見另一個世界。黑蛋白石能提升持有者的獨特性，使隱藏的熱情與勇氣大放異彩。寶石語為「自信」、「魅力」。

海藍寶石

水滴之石的故事

啊！總算輪到我了。

對，沒錯，呼喚你的人就是我。

來，你可以再靠近一點，走過來仔細的看看我。

如你所見，我是海藍寶石。

哎呀，你有點失望嗎？的確，我不像鑽石那麼閃耀，也沒有祖母綠的神祕感，更不如青金石那般深邃。

看看隔壁赤血珊瑚的鮮豔紅色，再看看我的淺色調，難免會覺得我有點幼稚、不可靠。

不過，我很美吧？我是不是晶瑩剔透，彷彿海水的結晶呀？

呵呵，有人形容，我的顏色是「陽光下的淺灘海水」呢！

哦？你沒有失望，只是有點驚訝？那就好，畢竟是我叫你來的，如果你對我失望，我可吃不消。

你說，為什麼要找你來？因為，我覺得你跟我重視的人很像呀！我非常重視、非常懷念那個人……

往事等會再慢慢告訴你，先談談你自己吧！我想知道你是什麼樣的人。

哦？你是在海邊的小鎮長大的啊！長大後，你嫁給一個漁夫……可惜丈夫很早就過世了。

為了養育四個孩子，你沒日沒夜的在港口的魚鋪工作，梳妝打扮對你而言就像做夢一樣。你做到手指龜裂、皮膚黝黑，還得忍受冬天的嚴寒，連一日都沒有好好休息。

多虧你辛苦賺錢，孩子們全部順利長大成人，不僅完成學業，也找到正當的工作，從你身邊各自獨立了。

你很厲害呢！或許有些人會說，身為母親做這些事理所當然，但我衷心敬佩你。

好了，你繼續說吧！

這樣啊……老么獨立後，不知怎的，你忽然覺得悲從中來。

以前只想著拚命保護、養育孩子，等回過神時已年屆五十；鏡子中的自己，看起來比實際年齡還老。我懂、我懂，確實令人傷心，惆悵不已！因此，我也了解為什麼你想要犒賞自己。畢竟，你從來沒有擁有過任何漂亮的物品呀！

即使別人說戴在你身上是暴殄天物，你還是想要擁有漂亮的東西，比如……鑲嵌著小寶石的戒指。你覺得只要有了那樣東西，自己就有勇氣面對明天了。

懷抱這樣的想法，你打算去市集逛逛，卻沒想到莫名來到這座魔石館。

這就是你的故事。

唉，我就知道，你跟那個人果然很像。外表不像，但是靈魂很相似。堅強、率直，卻又有點天真。

好了，接下來，換你聽我的故事。

我是在很久以前被人從土地裡挖掘、切割，打磨成水滴形狀的，當時大概是十七世紀吧！

如你所見，我尺寸大、顏色清澈，因此有人將我當成最高級的貢品，進貢給丹麥國王。接著，國王將我鑲嵌到金戒指上，賜給一名男子。

那名男子，可是國王專屬船隻的船長，他即將遠航至加勒比群島。

「聽說海藍寶石是船員的護身符，希望這枚戒指能保護你，賜予你橫渡大海的勇氣與幸運。」

在國王的命令下，我成了船長的物品，出發前往廣闊的大海。大海真的好棒！我們海藍寶石本來就具有水的能量，因此，雖然我年紀還小，依然盡我所能，為船長喚來靜浪與順風。多虧有我，航行途中沒有遇到暴風雨，船隻順利抵達加勒比群島。船員們個個歡欣鼓舞，畢竟當年航海可是很容易出人命呢！

不過，最開心的人，就是船長了。怎麼說呢？因為他的家人，就住在加勒比群島的其中一座島上。

船長的妻子是加勒比人，她是一名眼神中散發出熱情的美麗女子。

他們有一個孩子，這名七歲女孩遺傳父親的藍眼睛，以及母親的烏黑捲髮與小麥色肌膚，名叫雷歐娜。

船長與妻子、雷歐娜睽違一年未見，因此三人緊緊抱在一起，擁抱好長一段時間。這幅景象十分珍貴，連我也為之動容。

言歸正傳，雷歐娜似乎對我非常感興趣。她伸手摸了我好幾次，大聲嚷嚷：「它的顏色好像陽光下的淺灘海水！這該不會是用水做成的吧？」

每次她摸我，我都開心得顫抖不已。因為我在雷歐娜的靈魂中看見大海，她比船長更有航海天賦，她才是我真正的主人。

你能明白，我有多麼感謝那場邂逅嗎？其實，很少有寶石能遇見適合自己的人，機率非常非常低。

可能是船長察覺到我的心意吧？當時船長摸著女兒的頭，與她定下一個約定。

「既然你這麼喜歡它，我就給你吧！不過，時候還未到。因為我下一次航行要將砂糖運至丹麥，到時還得靠這塊海藍寶石保護我呢！」

「你又要出海了？」

「這是最後一次了。到丹麥卸貨後，我會再回來這裡，到時爸爸的航海旅程就告一段落，我再也不會離開這座島了。既然不必再到海上冒險犯難，自然不需要海藍寶石護身符，屆時，這枚戒指就正式歸你所有。雷歐娜，請你等到那時候吧！」

「我知道了。海藍寶石，你要好好保護爸爸呢！請保佑爸爸平安回到我身邊，之後再請你當我的護身符！」

雷歐娜真心誠意的對我呢喃，我也誠心答應她。

我一定會保護你父親，讓他回到你身邊。到時，我會成為你的守護石，再也不會離開你。

然而，我卻沒能守住約定。因為，當年發生了超乎我能力範圍的災難——海盜來犯。

當時加勒比海的海盜非常猖獗。他們跟螞蟻沒兩樣，看到商船就群起圍攻，不是搶走貨物，就是擄人勒贖，或是綁架人當成奴隸。

其中最知名的就是「染血的沃爾西」，他率領的海盜團殺人不眨眼，強悍又凶殘。

而那名「染血的沃爾西」，悄悄盯上雷歐娜父親的船隻。

雷歐娜的父親與家人道別，再度出航前往丹麥。

兩天後，我有一股不祥的預感。那種感覺非常不舒服，好像身體被一點一點削奪似的。

有不懷好意的東西靠近了。

我趕緊提醒船長，船長似乎也感應到我的警告，凝神注視大海的另一邊。不久，他臉色發青，高聲大喊：「揚帆！全速前進！海盜船來了！」

全船的人頓時手忙腳亂，所有人卯足全力，希望能甩掉海盜船追擊。不過，船上滿載的砂糖拖慢了船速，海盜船一轉眼就追上了。

海盜們衝進我們船上，手持武器，目露凶光。

船員們勇敢奮戰，但完全沒有勝算。船長打倒了好幾個海盜，但到頭來還是被火槍擊倒了。

船長的血濺到我身上，我不禁尖叫，腦海中浮現雷歐娜的身影，那可憐的孩子還在等待父親歸來，可是父親再也回不來了。我的痛苦與悲傷，海盜們當然不放在眼裡。

戰鬥結束後，海盜將投降的船員們踢進海裡，然後將財物全部搬到海盜船上。他們甚至連屍體身上的財物也不放過，令我毛骨悚然。

從船長的屍體上搶走我的人，正是「染血的沃爾西」。

「這是海藍寶石啊！這東西還真大顆，老子就收下了。」

就這樣，我被套進沃爾西的左手中指。

接下來的十年，我連想都不願意回想。海盜真的低級透頂，畢竟，他們就是靠燒殺擄掠為生的人。

即使如此，還是有很多年輕人希望加入海盜團。他們大概覺

得海盜生活得自由自在、很酷，很瀟灑吧！

不過，我在沃爾西身邊簡直是生不如死。他居然把小孩扔進海裡，笑著看鯊魚吃掉小孩；而我最不能忍受的，就是他殺了雷歐娜的父親。

雷歐娜。唉，我從來沒忘記過雷歐娜，因此更感到痛苦。因為，我沒能守住保護她父親的約定。

所以，我對這群海盜的憎恨，一天比一天還強烈。

有一天，我開始可以儲備能量了。我心想，等到時機來臨，我要釋放所有能量，呼喚暴風雨！

當時，我真的很失控，差點就變成邪惡寶石了。

某天晚上，沃爾西那群人，浩浩蕩蕩的去一家常有海盜聚集的酒館，在那裡喝酒喧鬧。他們大口喝酒，笑得像蠢蛋似的。

我套在沃爾西的中指上，簡直煩得要死。

這時，有一名年輕男子走過來。說是男子，倒不如說是少年比較貼切。他年紀約莫十六、七歲，下巴沒有鬍子；皮膚是加勒比人的小麥色，眼睛卻是西方人的藍色。

你已經明白了吧？這個少年其實是雷歐娜——是我命中注定的女孩。

她已經長大成人，頭髮也剪短，故意穿了一身男裝。但我一眼就知道是她，雷歐娜的靈魂，我怎麼可能看錯呢？

雷歐娜自稱「雷歐」，熱切的向沃爾西搭話。她說自己對這一帶的島嶼很熟，也很擅長判斷潮汐狀況，一定能幫上忙，請務必讓她入團。

聽到這番話，你知道我有多麼絕望嗎？思念多年的少女，居然想加入殺父仇人的麾下？天下還有比這更慘的事嗎？

我知道人類聽不見我的聲音，但我還是不自覺大喊：「不行！不行！」

至於沃爾西，則是牢牢盯著雷歐娜，從頭到尾打量一遍。

「乳臭未乾的小鬼，講話倒是挺囂張的。很不巧，只有男子漢才能搭上老子的船，小鬼還是趕緊回家找媽媽喝奶吧！」

「船長，您千萬別這麼說……」

「煩死了！臭小鬼，還敢對老子頂嘴！滾一邊去！你說自己能幫上我的忙？自賣自誇不算數，我說的才算數。既然要毛遂自薦，還不拿點好貨過來孝敬老子，蠢蛋！」

沃爾西的辱罵不僅沒有嚇退雷歐娜，她反而露出一抹淺笑。

此舉激怒了沃爾西，他拔起匕首，抵著雷歐娜的喉嚨。

「你笑個屁？臭小鬼，你在取笑老子嗎？」

「不、不是的，船長。不瞞您說……我確實準備了上等好貨，保證不會讓船長失望。所以……您能不能聽我把話講完呢？」

「好吧……有屁快放。」

雷歐娜悄聲對沃爾西說：「某座無人島有一場祕密交易，交易的貨物是從英國商船偷來的二十桶頂級蘭姆酒。現在蘭姆酒就放在無人島的岸邊，沒有警衛，也無人看守。」

話說海盜這種生物啊，最愛的就是蘭姆酒了。就連沃爾西一聽到頂級蘭姆酒，也忍不住垂涎三尺。

「聽起來不賴嘛！你這小鬼倒是挺機靈的，你說的那座無人島在哪裡？」

「距離這裡不遠，不過那裡到處都是岩礁，地形嚴峻，連當地漁夫都不願意靠近。更何況今晚退潮，大家一定認為大船無法靠近，所以走私販才敢放心將酒桶放在那裡。他們說等到明天漲潮，再慢慢過去取貨。」

「因此，只要能平安抵達無人島，所有的蘭姆酒就是咱們的了……小鬼，你知道該怎麼安全抵達無人島嗎？」

「是的，若能讓我掌舵，我一定將大家帶到島上。船長，請你准我入團吧！」

此時，沃爾西的眼神發出狡黠的光芒。

「不如……你今晚先把事情辦好，咱們再來談這件事。好，老子就讓你上船，咱們去那座島吧！不過，要是你敢讓船稍微擦撞到岩石，或是到時島上沒有蘭姆酒……老子就把你大卸八塊，丟到海裡餵鯊魚！」

「遵命。」

儘管雷歐娜聽得臉色發青，還是用力點點頭。這下子，我更絕望了，這孩子是真的想當海盜呀！

沃爾西站起來，對著酒館內的同夥大吼：「好，兄弟們！幹活了！把你們的大屁股從椅子上抬起來，跟著老子走！」

大夥兒一一照辦，因為每個人都知道，違抗沃爾西會有什麼下場。

就這樣，海盜們跟雷歐娜搭上沃爾西的船，航向雷歐娜所帶領的方向。

不久，海盜船來到小岩礁聚集的區域。掌舵的副船長維拉米斯，看了雷歐娜指示的方向，面色蒼白的對沃爾西說：「開什麼玩笑！船長，不能過去啦！那一帶的海底，有一堆像刀山一樣尖銳的岩石群，而且今晚退潮，水位又變得更淺了。稍有不慎，船底就會鑿出一個大洞，讓船動彈不得。」

「維拉米斯，老子又沒叫你掌舵，是讓小鬼掌舵。」

「要讓這種小鬼掌舵？」

「對，若是他搞砸了，大不了就拿他來洩憤。總之，二十桶蘭姆酒近在眼前，要是這時打退堂鼓，算得上什麼海盜？」

「這話是沒錯啦……」

「不要再囉嗦了。小鬼，掌舵去，讓咱們見識一下你的本事。」

只見雷歐娜一臉僵硬，開始操控海盜船的方向舵。她俐落熟練的掌舵技術，成功讓整艘船穿越了無數岩石。果然沒有猜錯，我第一次見到雷歐娜時，就知道這孩子是天生的航海家。

海盜們看得目瞪口呆，不知不覺間，海盜船已經來到小島海岸了。岸上確實堆放了二十個大酒桶。海盜們大聲歡呼，朝著酒桶一擁而上。沃爾西率先打開一個酒桶，淺嘗幾口蘭姆酒。

「真是不得了！這種頂級蘭姆酒，可不是隨便就能喝到的！兄弟們！把它們全部搬到船上！」

「沒問題！」

海盜們正要把酒桶搬上船時，雷歐娜說話了。

「全部搬上船固然好，但我認為在這裡先喝光幾桶，再把空酒桶丟在這裡也不錯。等明天那些好整以暇的走私販看到，肯定氣到直跺腳。」

這項提議，海盜們一致鼓掌通過。畢竟惡整別人，就是這夥人最大的生存意義。

於是，海盜們在海邊燃起大型營火，盛開一場宴會。他們大口吃肉、大口喝酒，那副貪心的嘴臉，我看了就想吐。

沃爾西喝得酒酣耳熱之際，將雷歐娜叫過去。

「喂，小鬼！老子中意你！瞧你年紀輕輕，手法卻是了得！你很適合當老子的手下，從今天起，你就是咱們的一分子了。」

「謝謝船長！」

「嗯，老子會帶你見見世面，無論是心驚肉跳的冒險，或是金銀財寶、美酒佳餚，海上的一切都是咱們的！看到什麼就搶，看到什麼就占為己有，這就是海盜！」

「說到財寶……船長，您的戒指真漂亮。」

「對吧？這東西是戰利品啦！說來也過了很多年了，這是某艘船的船長的戒指。那傢伙很強，怎麼打都打不倒，所以老子就從後面賞他一發子彈。然後，這枚戒指就變成老子的東西了，哈哈哈！」

沃爾西大笑幾聲，將蘭姆酒一飲而盡。接著，他仔細打量雷歐娜的臉。

「小子，你的父母當中，有一個人是歐洲人吧？那雙藍眼睛……對了，當年戴著這枚戒指的船長，眼睛的顏色跟你一模一樣。」

「…………」

「怎麼？你笑什麼？」

「不，沒什麼。」

「喂！你想惹我生氣嗎？」

沃爾西搖搖晃晃的想揪住雷歐娜的衣領，卻突然臉色發白。

「好像怪怪的……肚子好痛。唔、唔唔……」

捧腹呻吟的人除了沃爾西，剛才開懷暢飲蘭姆酒的海盜們，也個個發出痛苦的呻吟聲。

雷歐娜望著他們的慘狀，浮現一抹冷笑。

「藥效總算發作了。」

雷歐娜喃喃低語後，高聲吹了三次口哨。

此時，某處傳來划槳聲。我當下就知道，有許多小船往此處划行過來了。

沃爾西現在應該也明白了吧！只見他怒火中燒，狠狠的瞪著雷歐娜。

「臭小子，你幹了什麼好事！你叫了誰過來！」

「我的同夥。今晚，他們會為你們架好絞刑臺。」

「絞、絞刑臺！」

「沒錯。為了引誘你們上鉤，那些蘭姆酒可是花了不少錢，不過大家都很樂意出錢。每個人都說：『如果這麼做，能將那幫殺害我們家人的海盜一網打盡，這點錢算不了什麼。』而那批蘭姆酒，我已經事先下毒藥了。」

「毒藥！」

「沒錯。我的母親是加勒比人，她在過世前告訴我，中了這種毒會痛得無法動彈，卻又不至於喪命。換句話說，剛好可以幫我們爭取時間。在我們架好絞刑臺之前，你們就在這裡乖乖躺好，等著輪流上絞刑臺吧！像你們這群畜生……只要能痛宰你們，不必講什麼江湖道義，下毒或是用任何手段都無妨。」

「混蛋，你太卑鄙了！」

「卑鄙？你這種把小孩丟到海裡餵魚、從背後偷襲對手的人，有什麼資格說我卑鄙？」

此時，小船陸續抵達海岸。

每個從小船登陸的人都是年輕人，而且他們眼中都燃燒著熊熊怒火。

他們默默做事，一言不發的去海邊搬木材、組裝，打造成絞刑臺。那股沉默，反而令人感受到他們莫大的憤怒。

海盜們起初嘴硬，後來才終於感到害怕，拚命向年輕人求救。

連殺人不眨眼的沃爾西，也想說服雷歐娜饒恕他一命。他說只要放他一馬，他願意交出手上的所有寶藏，而且絕對不再做壞事，請高抬貴手。

不過，雷歐娜只是冷笑不答。

黎明時分，就是處決的時刻。海盜們一一被送上絞刑臺，這回，終於輪到沃爾西了。

替發抖的沃爾西在脖子套上繩索的人，正是雷歐娜。她打緊繩結，接著在沃爾西耳邊悄聲說：「告訴你一個祕密……其實我不是男的。」

「什麼？」

「被一個不足掛齒的小女子殺掉，你有什麼感受？」

沃爾西答不出話，因為在他開口之前，雷歐娜就先踢倒沃爾西腳下的酒桶了。

腳下失去支撐後，沃爾西吊在半空中，但他還是掙扎好一陣子才斷氣。這男人真頑強啊！不過，他終究還是難逃一死，去地府陪那些被吊死的手下們作伴了。

緊接著，雷歐娜將海藍寶石戒指，也就是我，從沃爾西僵硬的手指拔下來。

「爸爸，我終於把它拿回來了。」

聽了這句呢喃，我才恍然大悟。

原來，雷歐娜一開始就知道沃爾西是殺父仇人。因此，她才召集同伴報復沃爾西，意圖奪回父親的遺物。計畫大獲成功，我終於能做回我自己，也回到了適合自己的人手中。

如果能在此時劃下句點，該有多麼完美……

可惜事與願違。

問題出在雷歐娜的夥伴們，他們對海盜恨之入骨，也對這股勝利的快感食髓知味。

「再多剷除一些海盜吧！有了沃爾西的船跟金銀財寶，再加上雷歐的掌舵技巧跟判斷潮汐、方向的能力，一定能成功！雷歐，求求你幫我們一把！我們一起獵殺海盜吧！」

雷歐娜沒有拒絕，因為她知道，如果此時拋棄他們，一定會被其他海盜追殺。

結果，雷歐娜只好將沃爾西的船納為組織的船隻，載著同伴們，踏上獵殺海盜之旅。

桅杆掛上新的旗幟，旗幟上有一隻啃咬海盜骷髏頭的紅色獅子，這就是「噬海盜者雷歐」的標幟。

這面旗幟，令海盜們聞風喪膽。只要被他們盯上，想逃也逃不了。雷歐娜的航海技術，就是這麼厲害；她能輕易圍堵海盜們可能經過的路線，有時甚至還能利用暴風雨淹沒海盜船。

總之，只要方向舵在雷歐娜手裡，沒有人贏得了她。夥伴們對雷歐娜，簡直崇拜得五體投地。

而雷歐娜，也持續扮演強悍的男子。

不過，到了晚上在房間獨處時，她總是哭著對我傾訴。

好痛苦，每天打打殺殺的日子，好煎熬。不過，我不能停手。

事到如今，怎麼能拋棄夥伴，恢復女兒身呢？

雷歐娜只能對我說出真心話，我聽完真是心疼、難過極了。我唯一能做的，就是接納她的淚水與真心。可能我真的有點用處，畢竟一到隔天，她又變回那個瀟灑的船長了。

不過，戰無不勝的「噬海盜者雷歐」，也迎向驚人的結局。沃爾西死後過了幾年，有一回，雷歐娜跟兩艘海盜船戰鬥。雖然最後勝利了，但雷歐娜贏得也不輕鬆，手掌被刀劃傷。雷歐娜用海水清洗傷口，纏上紗布草草了事。其他船員也認為這只是小傷，就沒有帶她看醫生。

真是大錯特錯。

隔天，傷口發紅浮腫，流出黃色的膿液。雷歐娜沒有告訴任何人，獨自忍受疼痛。畢竟，她不想讓夥伴擔心自己的傷勢，也不想耽誤獵殺海盜的行動。

然而，她的傷勢持續惡化，幾天後發高燒，病倒了。夥伴們將船停靠在附近海港小鎮的碼頭，趕緊送雷歐娜看醫生，但已經太遲了。

四天後，雷歐娜過世了。

臨終前，雷歐娜對夥伴們說：「請把我的屍體葬在大海裡。」

我了解雷歐娜的心情，也為此感到沉痛。她選擇葬在大海，是因為她喜歡海，而且父親也在海底長眠。

我也打算跟雷歐娜一起到海底去。因為她以外的人，我全都看不上眼。

可惜，事情沒有那麼順利。

雷歐娜的屍體被送上船之前，有個男人將我從她身邊奪走了。那個人就是幫雷歐娜看診的醫生，他不僅沒有救活雷歐娜，還拆散我們！

我氣得發瘋，拚命哀號，但沒有人注意到我。載著雷歐娜的那艘船，就這麼離港了。

如果換成是其他人，應該也只能無奈的看著這一切吧！不過，我無論如何都要追上那艘船，回到她身邊！

於是，我釋放了累積已久的能量。

我召來了暴風雨，那座海港小鎮，從來沒見識過如此劇烈的風雨。巨浪淹沒陸地，破壞了家家戶戶的牆壁，沖走各式各樣的東西。強烈的水流，也將我從貪心醫生手中帶走。

接下來的事情，我就不清楚了。

總之，我順著浪潮尋找雷歐娜，也好幾次被海浪打上陌生的海岸。不過，每次我都會召喚暴風雨，帶我回到海中。

後來，不知道經過多少歲月。

我又被打上岸邊了，正當我煩躁得想再次召喚暴風雨時，有人把我撿起來。

那是一位紳士。

說來奇妙，他居然聽得到我說的話。聽完，他恭敬的對我說：

「很遺憾，您不會再見到那個思念的人了。大海過於遼闊，而且也經過太多歲月了。因此，何不暫且待在敝館呢？只要您願意，總有一天，適合您的人必定會現身。在此之前，請在敝館歇息，聆聽其他寶石的故事吧！」

我接受了他的提議。既然已經知道找不到雷歐娜，就不必再強求，而且我也沒力氣再胡亂召喚暴風雨。

就這樣，我被帶到魔石館。前後算起來，來這裡已經五十年了吧？適合我的人，真的好難找啊！

不過，就在我快要放棄希望時，感應到了跟雷歐娜一模一樣的靈魂！因此我趕緊發出邀請，而那個人就是你。

這就是我的故事。如何？是不是挺浪漫的呀？

當然，故事還沒結束呢！接下來，我想跟你將故事一起繼續寫下去。

你今後有什麼打算？

你說，想在港口開一家小餐廳？

那很棒呀！想做什麼就去做，一定能成功的。

就算不順利也沒關係，有我陪著你呢！你可以對我傾訴不為人知的祕密，想哭就盡情哭吧！

我是海藍寶石。我啊，是承接奮鬥者淚水的寶石。

海藍寶石

海藍寶石，在日本又稱為藍玉。英文名稱 Aquamarine 源自於拉丁文「aqua marina」意思是「海水」。海藍寶石呈現淡海藍色，宛如海水的結晶。石如其名，據說它擁有大海的能量，能賜予靈魂安息，也能使人心曠神怡，彷彿仰躺在清淨的水池之中。如果你累了，海藍寶石能為你帶來全新的活力。寶石語為「財富」、「療癒」。

尾聲

原來如此，是那顆海藍寶石呼喚您啊！

那麼，請將寶石帶回去吧！您當然不需要付錢。容我再度重申，是寶石選中了您。

有人想要寶石，當然也有寶石想要人。

如果您願意與海藍寶石為友，海藍寶石必將成為您的心靈支柱。這一點，您應該已經明白了，不是嗎？

請不用擔心。如果您的時間走到盡頭，海藍寶石會再度回到此處。畢竟，敝館是魔石館啊！

故事館 004

充滿祕密的魔石館3：水滴之石的悲歌

秘密に満ちた魔石館3

作　　者　廣嶋玲子
繪　　者　佐竹美保
譯　　者　林佩瑾
責任編輯　王俐雯
封面設計　連紫吟・曹任華
內頁排版　連紫吟・曹任華
協　　力　松下仁美

出版發行　采實文化事業股份有限公司
童書行銷　張惠屏・侯宜廷・林佩琪
業務發行　張世明・林踏欣・林坤蓉・王貞玉
國際版權　鄒欣穎・施維真・王盈潔
印務採購　曾玉霞・謝素琴
會計行政　許俽瑀・李韶婉・張婕莛
法律顧問　第一國際法律事務所　余淑杏律師
電子信箱　acme@acmebook.com.tw
采實官網　www.acmebook.com.tw
采實文化粉絲團　http://www.facebook.com/acmebook01
采實童書FB　https://www.facebook.com/acmestory/

ISBN　978-626-349-179-3
定　　價　300元
初版一刷　2023年3月
劃撥帳號　50148859
劃撥戶名　采實文化事業股份有限公司
104台北市中山區南京東路二段95號9樓
電話：(02)2511-9798　傳真：(02)2571-3298

國家圖書館出版品預行編目資料

充滿祕密的魔石館．3：水滴之石的悲歌／廣嶋玲子作；佐竹美保繪；林佩瑾譯．-- 初版．-- 臺北市：采實文化事業股份有限公司，2023.03
224面；14.8×21公分．--（故事館；004）
譯自：秘密に満ちた魔石館．3
ISBN 978-626-349-179-3（平裝）
861.596　　112000826

線上讀者回函

立即掃描 QR Code 或輸入下方網址，連結采實文化線上讀者回函，未來會不定期寄送書訊、活動消息，並有機會免費參加抽獎活動。

https://bit.ly/37oKZEa

故事館

故事館

故事館

故事館